ペンチメント

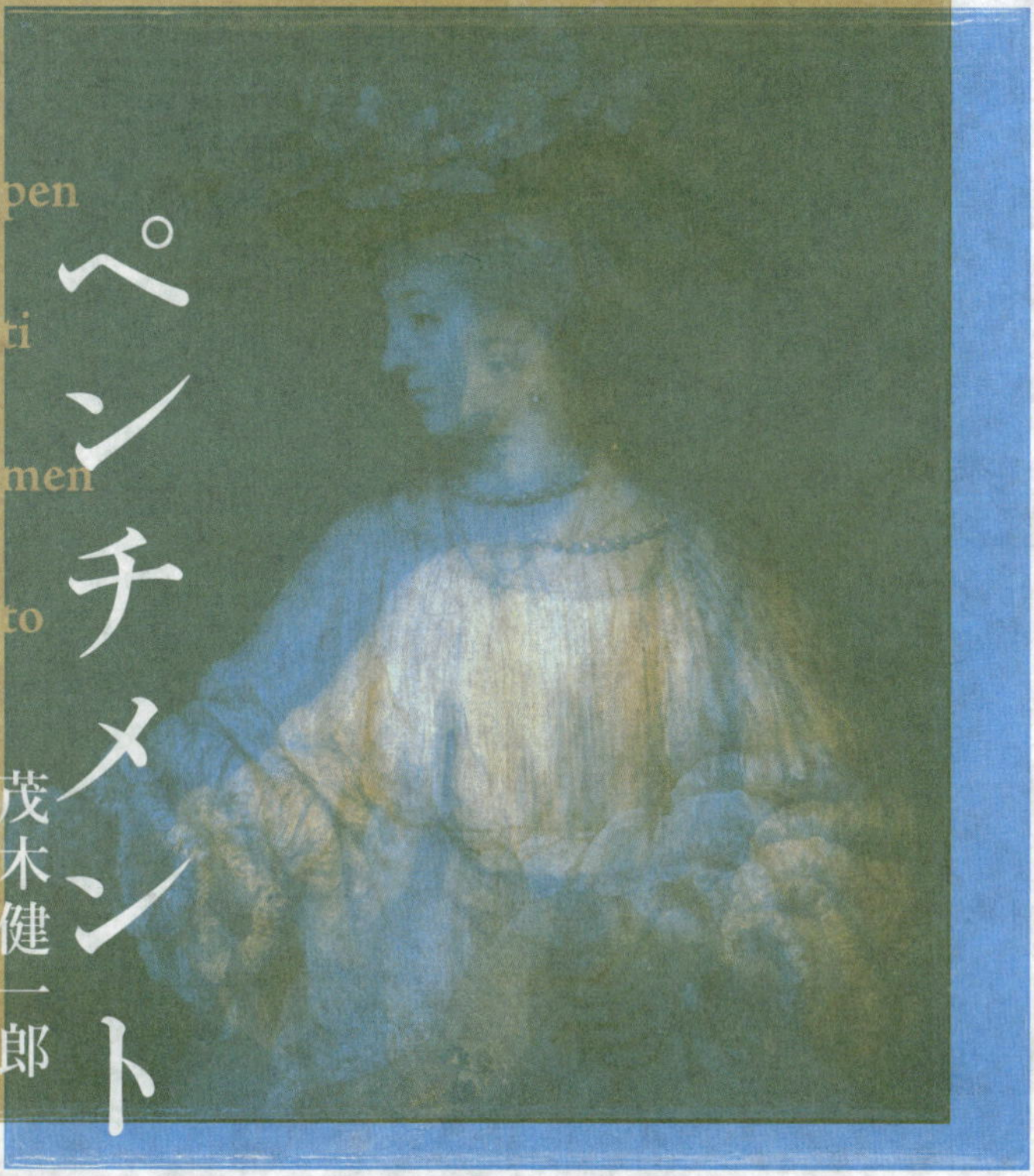

pen
ti
men
to

茂木健一郎

講談社

目次

装画　箱　「フローラ」Rembrandt Harmenszoon van Rijn
　　　表紙　右同作のペンチメント
装幀　茂木健一郎
造本構成　浅妻健司

ペンチメント

ペンチメント

Pentimento

「私、アルバイトしようと思うんだ。」

沙織《さおり》がそう言うと、

「バイトっ⁉」

と言ったまま、武《たける》は、思わず立ち止まってしまった。

ＬＩＮＥで待ち合わせた沙織の通う大学のキャンパス。お昼休みの時間帯で、目印の時計塔の回りは卵から孵《かえ》った稚魚の群れのように学生たちでごったがえしている。

沙織の髪の毛はナチュラルロング。今日は、水色の地にピンクの斑点《はんてん》の模様が入ったワンピースを着ている。秋が本格的になってきたから、さらに厚手の青いカーディガンも羽織っている。

一方、武の方は、昔のチーマーたちのファッションを真似したようなジャンパーだ。

インカレのサークルで別の大学に通っている沙織を見かけて、声をかけてきたのが武である。以来、半年くらいつき合っている。どちらかといえば武の方が積極的だ。

沙織は、東京の西にある自宅から通ういわゆる「お嬢さん」。一方の武は、郊外のごく普通の家庭の子。チャラい見かけの割には、それなりに難しい資格試験の勉強をしていることもあって、バイトをする暇がなく余りお金を使うことができない。

もちろん効率よく勉強して、その上でバイトをすれば良いようなものだが、武は、そこまで賢くないし、器用でもない。

「たまには、フレンチでもおごってあげたいけど、ごめんね。」

武は、いつもお金のことを沙織に言い訳している。

「バイトするの？」

武が、もう一度沙織に聞いた。どこか上《うわ》の空だ。

「うん、少しは助けになるかなと思って。たまには一緒に美味《おい》しいものも食べたいじゃない。それに……」

「それに？」

「いつまでも、両親に迷惑ばかりかけていられないし。」

「ふうん。」

沙織のようなお嬢さんでも、そんなことを考えるんだ、というような表情を武はした。

「もう、どんなバイトするか、決めたの？」

「ううん、まだ。何も考えてない。」

武は、もともとイノシシのような細い目をしているが、考え込むとますます細くなる傾向がある。古来イノシシの目はハート形だという伝承が日本にはあるが、今、武の目にはハートがない。あまり賛成でないことは、沙織にも伝わってきた。

武は目を細めて沙織のことを見ている。なんだか狙われた獲物のようで落ち着かない。

「そうだ、いいところがある！」

突然ひらめいたように、武が叫んだ。竹を空気圧で破《わ》ったような声に、まわりにいた数人の学生が武に視線を向けた。

「何？」

沙織はあわてて取り繕《つくろ》うように聞いた。

「アインシュタイン親父《おやじ》の店で働けばいいよ！」

「アインシュタイン、親父、さん？」

「電車でちょっと行ったところにある洋食屋でね。そこのオーナーの親父が、アインシュタインそっくりなんだ。」

沙織は、武の勢いに気圧《けお》されている。

「そうなの？」

「いやあ、よく見ると違うよ。だけど、油断してると、角度によっては本人かと思っちゃうんだ。」

「どういうこと？」

「ドア開けるじゃない。そしたらキッチンに、アインシュタインが立っているんだ。」

「洋食屋さんのキッチンにアインシュタインが？」

「そうなんだよ。」

「ふふふ、変なの。」

「一人でやっているんだ、調理から何まで。あまり流行《はや》っている店じゃないんだけど、ずっとバイト募集の紙が貼ってあって。」

「食べに行ったことあるの？」

「何度か、前山《まえやま》先生にパスタおごってもらったことがあるんだけど、大学に入ってからは、行ってない。」


前山先生は、武の予備校の先生だ。高校時代の武は悪い仲間と遊んでしまい、一時期不登校にもなって、入試に力が入らず、全滅。その時は、全身から力が抜けて、床の上に落ちた布切れのようだったと武は言っていた。そんな武の尻を叩いて、何とか大学に入れてくれたのが前山先生だ。兄貴肌のところがあって、「お前は昔のオレにそっくりだ」と何度も言ったのだという。今目指している資格試験も前山先生の影響だと、武は一時期、頻繁に口にしていた。


武が沙織を口説《くど》いた時にも、自己紹介のために沙織の前に並べて見せたのは、前山先生ネタであった。

「前山先生に会うことの方が、私と会うよりも、武にとっては心の支えみたいね。」

沙織がそう言っても、武は悪びれない。

武は、大学に入った後も、しばらくは何かというと理由をつけて予備校に遊びに行っていた。

沙織は、「前山先生」に会ったこともないし、そもそも、どれくらいの年齢のどんな見かけの人なのかということすら知らない。

「今でも、アルバイト募集の紙、貼ってあると思うよ。オレが予備校に通っていた頃から、ずっとだもん。」

「なぜ、誰も応募して来ないのかしら？」

「流行の先端を行くような店じゃないから。街自体もダサいし、店も、一昔前の雰囲気でさ。女の子って、スタバでもどこでも、イケてる店で働きたがるじゃん。いい店で働いていた方が、本人が可愛くなった気がするだろ。」

沙織は武の勢いに押されつつも、戸惑った表情をしている。

「お客さんは来ないの？」

「忙しい時は忙しいけど、前山先生と食べに行って、入ってから出るまで、他のお客さんが一組もいないこともあるからねえ。」

「そんなので、ちゃんとバイト代払えるのかしら。」

「そこは、大丈夫だと思うよ。ランチタイムには、そこそこ人が入っているし、夜も時々、地元の人の宴会とかあるみたいだしさ。」

「ふうん。」

沙織は、案外真剣に考えはじめていた。

「オススメだよ。絶対にいいよ。」

「じゃあ、行ってみようかな。」

「そうか、じゃあ、善は急げというから、木曜日に行こう！　沙織の最初のバイトだよね。ぼくにゆかりの場所でうれしいな！」

武は、なんだかほっとした顔をしている。沙織は、あれこれと考えをめぐらせていた。


「あそこだよ！」

その洋食屋さんは、沙織の大学がある駅から二十分ほど行った郊外の街にあった。電車を降りて、駅前にある武が通っていた予備校の脇から裏通りを行く。古くからの街道沿いの商店街に入る少し前のところに、その店はあった。

だいぶ日が短くなり、十八時を回るくらいであたりはすでにとっぷりと暗い。

武は黄色の蛍光色が入ったスニーカーを履いている。いつもはベタベタと横を歩くのに、今日は先を急いでいる。その後を追っていく沙織のヒールが、コツコツと日の暮れた街に響いた。

雑貨屋さんの横に、白い壁の建物があり、その一部が外からライティングされている。光で照らされているあたりに、店の看板があるようだ。

近づきながら、沙織は感想を漏らした。

「思ったよりも、おしゃれな雰囲気ね。」

武は、それが自分の手柄であるかのように、うれしそうに咳払《せきばら》いをした。鼻がひくひく動いている。

「場所的にも、通おうと思えば余裕だよね。」

武が、店の前で立ち止まる。

「ねえ、何これ？」

沙織は、ライトに照らしだされている白い壁の一角を指した。

壁の上には、『一枚の皿』という店名が書かれている。墨でさっと書いたような乱暴な字である。かろうじて読めるけれども、かなり見づらい。

その下に、一つの絵が描かれていた。

一筆で、適当に描いたように見えた。首が長く、黄色い地に黒い斑紋があるので、キリンだとはわかる。しかし、キリンにしては首が太いし、頭の突起もヘンだ。

「本当に……こんな……」

と言ったまま、その後が続かなかった。

沙織のお腹のあたりから、波が打ち始めている。ついには我慢ができなくなって、声を上げた。

沙織が、指さしたままケラケラ笑っているので、武はたしなめた。

「しーっ。これ、アインシュタイン親父が描いた絵だぞ！　あまり大きな声で笑うと、中に聞こえるよ！」

沙織は、あわてて口を押さえた。しかし、「アインシュタイン親父が描いた」という武の一言で、かえってスイッチが入ってしまった。もはや止めようもなく、肩を揺らしながら沙織は笑っている。

「こんな絵を、大人が真面目に描くなんて。」

樹皮から出る樹液のように、目尻から涙が、にじみ出ている。付き合い始めてから、武が初めて見た沙織の涙だった。

絵の横には入り口のドアがある。その右上に、確かに「アルバイト募集」という貼り紙があった。

随分長い間そこにあったらしく、文字がかすれかけている。紙と文字のコントラストが低いのだ。「簡単な給仕のお仕事　委細面談」と書いてある。その文字を見て、ようやく沙織は笑うのをやめた。

カランカラン。

鈴が鳴った。

ドアの色が瞬《また》きして、店の中が見えた。

確かに、あまり流行っている店ではないようだ。平日だとはいえ、夕方の六時過ぎだというのに店の中にはお客さんは誰もいない。

ちょっと古ぼけたセットのようなテーブルや椅子の並んだ向こうに、キッチンが見える。白いものが混じったぼさぼさの髪の男が、背中を向けて何やら調理している。その背中に、沙織はなぜか懐かしさを感じた。

「あの……」と沙織が声をかけようとした時に、男はくるりとこちらを振り返った。

「あっ!」

沙織は、口を押さえようとしたが、声はその下から微《かす》かに漏れた。

アインシュタイン!

確かに、アインシュタインに似ている!

よく見ると、鼻のあたりとか目の表情とか、微妙に違うのだけれども、全体としての印象が、本当にアインシュタインに似ている。武がそう言ったから、刷り込みや思い込みもあるかもしれないけれど。

「はい、いらっしゃい。」

アインシュタインは、そう言うと、動作を止めて、武と沙織の方を見ている。

「あの……、私たち、ごはんを食べに来たんではないのです。」

沙織がはっとして、あわてて説明しようとすると、アインシュタインは怪訝《けげん》そうな顔をしたが、すぐにさささと手を洗うとキッチンを出てきた。

アインシュタインは、誰もいないレストランの中を大振りの動作で歩いてきて、席の一つを指すと、「まあ、ここにお座りください」と言った。

沙織は、思わず武の方を見た。武の目が、一瞬白く裏返ったように見えた。

武と沙織は、アインシュタインとテーブルを挟んで向き合うかたちになった。アインシュタインは、乱れた髪をしきりに撫《な》でている。そうやって濡れた手を拭いているのだということに気づいて、沙織は少しはっとした。

「こんにちは、黒川《くろかわ》と言います。」

琥珀《こはく》を打って響かせたような声だった。沙織の頭の中で、「アインシュタイン」が「黒川」に変換された。どうやら、武も「アインシュタイン親父」が「黒川さん」だとは知らなかったようで、口を軽く開けたままだ。

「君たち、美大生かい？」

黒川さんは、真っ先に聞いた。

「いえ、そうではないです。」

沙織は、なぜか、すぐに否定しなければ黒川さんに申し訳ないような気がした。

今日は一応「バイト面接」だということで、沙織は白いワンピースの上にコートを着ていた。一方、武の方も、いつものチャラい服よりはぐっと抑えた、ベージュのセーターを着ていた。しかし、そのどこが美大生のように見えるのだろう。

「そうかい、ごめんねえ。ぼく自身が美大に行ってたもんだから、学生さんらしい人を見ると、つい、美大生かなと思っちゃうんだよ。」

なんだかへんだ。論理が破綻している。

「美大というと、絵を描かれていたのですか？」

「いや、そうだったらいいんですが、絵を描く方じゃなくて、芸術学といって、芸術とは何か、美とは何かといったことを研究する学科にいたんですよ。」

「じゃあ、店の入り口のあの絵は？」

沙織がそう言うと、黒川さんはちょっと考えるような表情をしたが、それからあっと思い至ったらしく、恥ずかしそうな顔で笑った。

「ごめんなさい。笑ってしまいますよね。自分で描いたんですけど、やっぱり、下手だよねえ。」

それから、黒川さんは、店の空間の中を目でゆっくりと辿《たど》った。

黒川さんの目の方向を追った沙織は、驚いた。ドアを開けて店内に入ってからずっと緊張していたせいか、それまで全く気づかなかったものが見えてきた。

店内の壁は、薄い青色に塗られていた。その上には、たくさんの動物が描かれている。キリン、象、シマウマ、ヒョウ、ライオン、カバ、ワニ、羊、ラクダ、猿。それに、クジャクやキジ、鳩、ダチョウ、オウム、雀などの鳥まで。

ありとあらゆる場所に、壁にも、天井にも、柱にも、動物たちが描かれていた。ライオンは跳びかかりそうで、クジャクは誇らしげに羽根を広げ、シマウマは目を細めて眠そうだった。

沙織は、しばらく目の前の黒川さんの存在を忘れて、店内に描かれた動物たちを一つひとつ丹念に見ていった。決して上手とは言えなかった。しかし、愛らしかった。何よりも個性的だった。のびのびと、自由に描かれていた。不思議なことに、動物たちはみな、沙織を見ているかのように感じた。

武は、沙織の横でつまらなそうにしている。

黒川さんは、動物たちの絵を丹念に見ている沙織の表情を興味深そうに眺めていたが、やがてため息をついた。

「話にならないでしょう、どれも。全くダメでしょう。」

「いえ、そんな。」

沙織の言葉は、決して、取り繕うためのものではない。

「実際、下手なんですよ。ぼく、ほんとうは絵描きになる学科に入ったんだけど、全く才能がなくてね。教養から専門に行く時に、学科替えしたんです。それで、芸術学科に進んだ。楽器のできないやつが音楽評論家になり、絵描きになれないやつが芸術学科に行くんですよ。」

沙織は、自分の顔が少し火照《ほて》るのを感じた。

「いつ頃描いたものなんですか？」と突然、武が聞いたので、沙織は少し助けられたような気がした。

「さあ、この店を任されたのが、二十年前になるから、この絵も、もう十何年は経《た》っているだろうね。絵、今もダメだけれど、あの頃もダメだよなあ。」

「そんなことないですよ」と沙織。

「いやあ、全く、箸にも棒にも」と黒川さん。

沙織は、守《も》り立てようと、なおも二言三言、黒川を元気づけるような言葉を選んで発したが、どうやら無意味なようだった。

何しろ、絵の巧拙《こうせつ》については、本人が結論を出してしまっている。

沙織は、話題を変えた。

「『一枚の皿』という店名はどこから来たのですか？」

「何となく思いついて、適当につけてしまったんです。特に意味は、ないのです。強《し》いて言えば、人生というものが、さまざまなごちそうが載った一枚の皿のようなものである、いや、そうであったらいいなあというくらいのことで。それ以上の理屈は何もないのです。」

武は、しきりに前髪を触っている。膝《ひざ》が、カタカタと小刻みに揺れていた。だんだんと沙織も、このまま黒川さんの持調子《もちぢょうし》にはまってしまうのではないかと、不安になり始めた。

「それで、あのう。」

沙織は、おずおずと切り出した。

「私、この店で、バイトさせていただけませんでしょうか？」

「ん？」

黒川さんは、目を大きく見開いて、本当に驚いたという表情をした。そのせいで、沙織はリズムを失ってしまった。ドキドキはますます高まっている。

黒川さんのまつ毛の先が、蜘蛛の糸に水滴がついたように光った。

沙織は、もうすっかり黒川さんの調子にはまってしまっている。黒川さんの返事が戻ってくるまでのわずかな間が、もどかしくさえ感じられた。

「君のようなお嬢さんが、なんでうちみたいなところでバイトをするかなあ。」

黒川さんの言葉が、断りのように聞こえた。

「そんなに、いつまでも親に頼ってばかりでもいけないので。」

沙織の声には、本人も気づかないうちに、見かけに似合わぬ必死さが混じっていた。

黒川さんは、最初は訝《いぶか》しげな顔をしていたが、すっかりやさしい表情になって、やがてニッコリと笑った。

「わかった。来週からおいで！」

溢《あふ》れる「太陽」のような笑顔で黒川さんは言った。

黒川さんの「太陽」を浴びて、武の膝のカタカタもいつの間にか止まっていた。沙織の時間が、再び動き始める。

「あの、でも、私のこと何もお話ししていないのに。」

「いいんだ。そんなこと。」

「大学でどんな勉強をしているのか、聞かなくていいんですか？」

「いいんだ。」

「アルバイトの経験はあるのかも？」

「ぜんぜん構わない。」

沙織は、かえって混乱してしまった。

「じゃあ、食べていきなよ。」

「えっ⁉」

急な展開に驚いて、沙織が黒川さんを見つめると、黒川さんの唇が、すべての意味を失って、海の中の魚のようにふわあと開くようにも見えた。

「いやあ、今日はお金はいいからさ、何でもいいから、食べていってくれよ。夕飯、まだなんだろう?」

黒川さんの言葉の意味が、心の中でゆっくりとかたちを結んだ。

そう言われると、急にお腹が空いてきたような気がする。

武の膝が、再びカタカタ動き出した。

「そんな、いただけません。」

「どんな料理を出しているのかわからないと、ここで働いてもらうこともできないからさ。」

黒川さんは、武と沙織の前にメニューを置くと、さっさとキッチンに行ってしまった。

沙織は、バツの悪そうな表情で武を見た。武は、それが当然であるかのように、もうメニューを検分し始めている。

透明なビニルのホールダーに入ったクリーム色の紙に、手書きの文字が並んでいた。

少し薄れた昔の数字の上に、乱暴に二重線が引いてあって、その横に新しい価格が書かれている。

ハンバーグ・ステーキは、以前は780円だったのが、今は850円。

ビーフ・シチューは、かつては800円が今では920円。

ポテト・サラダは、560円改め、720円。

スパゲティ・ミートソースは、750円から820円に。

メニューの欄外には、さまざまな生き物たちのイラストが描かれていた。

カエルやトンボ、アライグマ、それにもぐら。店の壁を飾っている動物たちに比べると、身体の小さなものが多い。メニューを眺める沙織の口元に、自然に笑みが浮かんだ。

一方の武は、ずっと膝をカタカタさせている。ゆったりと、カタカタと。ふたりは、異なるリズムでしばらくメニューを眺めた後で、注文を決めた。

沙織はメンチカツ定食。武はオムライスとコンソメスープ。

「あれれ、女の子と男の子、食べるものが逆みたいだなあ。」

注文を聞いた黒川さんは、そのように言って笑った。

料理の味は、申し分なかった。武は、「フツーにおいしいね」と囁《ささや》いた。それから、「前からこんな味だったけど」と付け加えた。

絵と同じように料理も個性的だったらどうしようと、沙織は危惧していたのであるが、それは杞憂《きゆう》に終わった。

「ごちそうさまでした」と沙織が丁寧に頭を下げると、黒川さんは「いいんだ」と笑った。

それから、「来週から来ていいから」と改めて言った。武が、「時給はいくらくらいいただけるのでしょうか」と沙織が尋ねてもいないことを聞いた。黒川さんの答えた額は、実際、そんなに悪くなかった。

「今日の夕飯の分は、お支払いしますから」と沙織が言っても、「いいんだよ」と黒川さんは代金を受け取ろうとしなかった。武はずっとズボンのポケットに手をつっこんだままだ。

その日は、それで『一枚の皿』を出た。暗闇に包まれると、それまでの緊張が解《と》けてほっとした。

沙織は、コツコツと、夜道を刻《きざ》んでいく。黒川さんがあの店の中に作っている空気感の名残《なごり》が、肌を包んでいた。こたつに入って火照った後で歩いているかのように、夜風が頬に心地よく感じられた。満天の星が、遠くまで明るく見えているような気がした。

「調子いいよな！」

突然、武が言った。ぼんやりとしていた沙織は、いきなり冷水を浴びせられたようにひやっとした。

「えっ、何のこと？」

「耳当たりのいいことばかり言ってさ！」

沙織は、ひょっとして自分が怒られているのかと疑った。

「誰が？」

「アインシュタイン親父さ。」

「えっ。冗談でしょ。黒川さん、いい人だったじゃない。」

「いや、なんか、わざと気を惹《ひ》こうとしているみたい。」

「気を惹く？　誰の？」

「た、か、ぎ、さ、お、り。」

「私⁉」

「そう、高木沙織。」

「どういうこと？」

「いや、君のこと口説こうとしているのではないと思うけど、妙に気張っていたじゃん、アインシュタイン親父。」

「ただ、親切なだけでしょう。」

「いや、でもさあ、何か、下心があるのかもしれないし。」

沙織の胸の中には薄暗い雲がこみ上げてきて、星は一つも見えなくなった。自分の靴の、コツコツという音だけが耳につく。

沙織は立ち止まった。

「私、来週から、『一枚の皿』行くわよ。いいんでしょ？　もともと、あなたがすすめたんだし。」

武は、返事をしないまましばらく歩いた。

「私、社会経験のためにも、アルバイトしてみたいのよ。あそこだったら、安心な気がする。黒川さん、いい人だし。あのお店のつくり、好きだし。行くわよ。」

武は、すぐには返事をしなかった。角を幾つか曲がった後で、「ああ」と気のなさそうに言った。

その夜、沙織はベッドに横になって、これまでのことをあれこれと考えていた。

親にいつまでも頼ってはいけないというのは人間として本当のことだし、やっぱり、アルバイトをしたい。

武が沙織のアルバイトに反対する理由は、つまり嫉妬ではないのか。

武は、アインシュタイン親父だったら大丈夫だと思っていたのが、黒川さんが思ったよりもいい人なので、心配になったのではないか。

ちょうどその時、武からＬＩＮＥで「ごめんね」と一言のメッセージが来た。

沙織は、ベッドの上で横になったまましばらく考えた後に、ハローキティが花の中で微笑《ほほえ》んでいるスタンプを返して、目を閉じた。

『一枚の皿』に行った翌朝、食卓で、沙織は熱心にトーストにバターを塗っていた。

焦げたパンのかけらが、とろりと溶けた黄金の液に交じり合っていく、そのジャリジャリとした感触を、沙織は目とそして指先で味わっていた。

「そんなに、アインシュタインに似ていたかい。」

鼈甲《べっこう》色のフレームの眼鏡をかけた男が、新聞から目を離して、沙織の方をちらりと見た。視線が枠《わく》からずれている。

沙織の父は大手出版社の編集者。美術書を中心に、仕事をしている。一般には知られていないアーティストの作品集なども出す。「お父さんの本は、売れないんだ」といつも笑っているが、そんなに苦にしている素振《そぶ》りはない。

父の隣で、髪の毛をアップにした女が、くすくすと笑っている。

母は音楽が好きで、小さなコンサートや、結婚式などでの演奏のプロデュースの仕事をしている。父と結婚するまではそのような会社にフルタイムで勤務していたが、今は、時々頼まれて手伝っているだけだ。

父と母は同じ大学の文学サークルで、父が三年生の時に母が新入生で、知り合った。

「ほんとうに、こんな顔しているの？　まあ、沙織は昔から絵は巧《うま》いから信用するけど。」

母は、沙織が紙ナプキンに描いた黒川さんの顔を斜めに眺めながら口を尖《とが》らせている。

「ふぉんとうに、ふぁいんひゅたいんみたいなんだってば！」

トーストを頬張りながら、沙織は声を張り上げた。

テーブルに手をついて立ち上がった母の髪の毛に陽光が降り注いでいる。

父は、眼鏡をテーブルの上に置いて、あーあとあくびし、それから右手の親指と人差し指で、目元をくしゃくしゃと少し乱暴に揉んだ。

どうか、この平穏がいつまでも続きますように。

沙織は、心の中でひそかに祈った。


次の週から、沙織は『一枚の皿』に通い始めた。

初日、大学の授業が終わって、午後五時前くらいに『一枚の皿』に入った。黒川さんが、賄《まかな》いでナポリタンをつくってくれた。沙織が食べている間、黒川さんは前の席に座って、コーヒーを口に運びながら、にこにこ笑っていた。

きれいに食べ終わってから、「私、シンデレラなんです」と黒川さんに切り出すと、沙織はテーブルの下で足を揃えて、口調を改めた。

父も母も、職業柄、一風変わった人たちとの付き合いが多く、同性婚や移民といった社会的問題についても進歩的な考えを持っている。世間的に見れば、おそらく「リベラルな」家庭ではあるけれども、沙織には、一応「午前零時」という門限がある。

少々遅れてもだいじょうぶだけれど、毎回のことでもあるし、きっちりと決めておいた方が良い。

門限を守るためには、お店を遅くても午後十一時には出なくてはいけない。それで、大丈夫だろうか。

話しているうちに、黒川さんの瞳が、何度か明るくなったり暗くなったりするように、沙織には見えた。

もっとも、口元はずっと笑っている。最後に大きく、少し大げさなくらいに頷《うなず》いた。

「いいよ、そのように決めよう。遅くまでごめんね。」

自分のお皿を急いで洗う。沙織は、テーブルを拭き、椅子を整えたり店の前を掃《は》いたりして、夜の開店時間の十八時に備えた。黒川さんは照れ笑いをするだけで、一向に指示を出さないので、沙織はすべて自分の判断で動いたのだった。

その日は、お客さんが五組来た。一組目は近所の主婦と思われる四人連れで、開店直後に来て、うるさいくらい賑《にぎ》やかに夫や子どもの話をしながら、オムライスを食べてそそくさと出ていった。二組目は、学生と思われるカップルで、男の子が何やら薀蓄《うんちく》を披露しながらごく普通の赤ワインをカラフェで注文していた。三組目はサラリーマン風の四人連れで、沙織の姿を見ると「おっ」という感じで表情が変わり、その後、店を出るまで時々ちらちらと沙織を見ていた。四組目は会社の上司とOLの二人連れ、そして五組目は、中年の男性二人だった。五組目の客は、すでに食事を済ませ、かなり酔っているらしく、一人が沙織に「姉ちゃん、ビール！　二本ね！」と言うと、テーブルに突っ伏して、沙織がビールを運んできてもそのまま眠っていた。起きている方の一人が、「姉ちゃん、頼むよ」と言うので沙織がコップにビールを注いであげると、「ありがとう！」とうまそうに飲み干し、あとはずっと手酌で飲んでいた。

閉店時間の二十二時少し前になると客は皆出ていった。沙織は黒川さんとキッチンに並んで皿を洗った。テーブルを拭いてひと息つくと、二十二時三十分になった。

「今日はもう帰っていいよ」と言うので、沙織は、机に向かって何やら計算のようなことをしている黒川さんの背中に一言「失礼します」と声をかけて店を出た。

ドアが閉まり、漏れる明かりが消えたとき、外の暗がりに、黒い塊《かたまり》が立っていることに気づいた。沙織は思わず身構えた。

「今、終わったんだ。」

少し湿った声がした。武だった。

「わあ、びっくりした。いつからそこにいるの？」

「そんなに前じゃないよ。」

二人は、並んで歩き出した。家々のオレンジ色の明かりが、ぽつりぽつりと近づいては、消えていく。

「どうだった？」

「大丈夫だったわよ。私、ウエイトレスできる。」

「沙織に、目をつけてくる人いなかった？」

「武ったら、そういうのばっかり。いなかったわよ。」

「ふうん。どんな客が来てたの？」

沙織は、歩きながら、簡単に五組の客の様子を説明した。四人組のサラリーマンが沙織のことをちらちらと見ていたことや、中年男性が沙織にビールを注がせたことは、黙っていた。

「つまらないの。」

武が言った。

「当たり前でしょ。洋食屋さんだもん。そう毎晩、血湧き肉躍る冒険なんかないわよ。」

沙織は、武のことを、肘で突いた。

「そうだよなあ。」

武は、ようやく安心したように笑った。

武は、その日、紳士的だった。沙織の家の最寄り駅まで、電車を乗り継いで送ってくれた。それから武が自分の住む街まで帰るには、終電ぎりぎりになってしまうはずだった。

「ごめんね、ありがとう」と沙織が言うと、武は「いいんだよ」と言った。

リュックの中から資格試験の本を取り出して、「帰りは、これを勉強しながら帰るからさあ」と大げさに振って見せる。

武の姿が、改札の向こうに早足で消えていく。

沙織は、ほんのささやかな、幸せの水たまりを見つけたような気がした。

沙織は、『一枚の皿』に、週に三回通うことになった。授業が終わったあと、電車に飛び乗り、十七時前くらいに店に入って、二十二時三十分過ぎまでいる。

店についてドアを開けると、キッチンにいる黒川さんが、「今日は何にする？」と言って、賄いの注文を聞いてくれる。沙織は、その日の気分で、スパゲティにしたりオムライスあるいはビーフ・シチューにしたりした。

「そうやって、店で出しているメニューの味をひととおり覚えようとするのが偉いなあ」と黒川さんは言った。そんな意識が全くなかった沙織は、かえって恐縮した。

客の入りはその日によって違ったが、たいていはのんびりしていた。忙しい日もあった。注文をとり、料理を運び、テーブルを拭き、会計をしていると、やがて汗ばんでくる。沙織は、そんな時、キッチンの片隅に置いてある紙コップに蛇口をさっとひねって水を入れ、飲んだ。ぱっと隙間を見つけてそんなことをするのが、一人前の職業人になったようで、それが沙織にはひそかに嬉しかった。

何回目かのバイトの日、たまたま客足が途絶えた時があった。黒川さんが、白い布で手を拭きながらキッチンから出てきた。

黒川さんが手を拭くときには、お店の中のリズムが変わり、そこにひだまりのような時間ができる。黒川さんは、残った水滴をなすするように、髪の毛を触った。それから、沙織にある特別な秘儀を伝えるかのように、ひそひそ声で話し始めた。

「この店の動物たちなんだけどね。」

「ええ。」

沙織も、黒川さんに合わせるように、声を低めて答えた。

「実は、ある特別な光景を描いたものなんだ。」

「特別な？」

「歴史上、たった一回だけあった出来事さ。」

「何かしら……。」

沙織は、眉間に皺《しわ》が寄るくらい本気で考えてみたが、黒川さんが何を言おうとしているのか見当がつかなかった。

黒川さんの口元が、にゅっと少し自慢気に動いた。指がしゅっと動いて、沙織の視線を部屋の上の方の、天井から壁へと曲がっていくところへと導いた。

「あそこにさ、お釈迦さまがいるでしょう。」

少し黒ずんで汚れているが、人型のようなものが描かれている。ぱっと見ると単なる「平たいまる」だが、よく目を凝《こ》らすと、確かに横たわっている人に見える。

「あれ、お釈迦さまだったのですか？　気づいてなくて、ごめんなさい。ヒョウタンツギかと思っていました。」

沙織の反応を、黒川さんは大いに面白がった。

「そうかい、そう見えるかい。手塚治虫ねえ。ぼくは絵が下手だなあ。」

アインシュタイン顔をした黒川さんが、しきりに「ヒョウタンツギ」と繰り返している。二つの固有名詞がそのように結びつく調子が沙織にはとてもおかしくて、再び不謹慎な笑いの発作が起こりそうだった。

「ごめんなさい。」

沙織は、スカート越しに膝の上あたりをちょっとつねって、平静さを保ち言った。「あれが、ヒョウタンツギではなくお釈迦さまだとして、動物たちはどんな関係があるのですか？」

黒川さんは、沙織の目の前で腕組みをして、ウンウン頷いて笑っている。

「なんだと思う？」

黒川さんは、時間のひだまりの中で、沙織に謎かけをしているようだ。

沙織は、子どもの頃からたくさんの本を読んでいた。中には、お釈迦さまや仏教に関する本もあった。ヒョウタンツギの手塚治虫による『ブッダ』や、ヘルマン・ヘッセの『シッダールタ』も読んだ。そんな本たちのどこかに、お釈迦さまと動物たちに関する記述があっただろうか。

沙織はスカートのふちを持ったままだ。すべてがぼんやりしている。じっと意識を凝らすと、目指すものが心の霧の中でぎゅっと像を結んでゆく。

「ああっ。わかった！」

沙織が叫んだ。

「お釈迦さまが入滅するときに、動物たちがまわりに集まってきたという、あのエピソードですか？」

黒川さんが、うん、と鹿威《ししおど》しが石を打つように頷いた。

「そうそう！　さすがだなあ！」

黒川さんは満面の笑みを浮かべながら、沙織の肩を、ちょんと突いた。

「実は、この店の壁画は、お釈迦さまの入滅と、慕《した》って集まってきた動物を表しているんだ。」

沙織は、スカートをおさえながら、ゆっくりくるくると回って壁画を眺めてみた。イメージを立体として定着させてみようと思ったのだ。

「伊藤若冲《いとうじゃくちゅう》にも、その場面を描いた作品があるのを知っているかい？」

一つのイメージが浮かんだが、それがお釈迦さまの入滅と関係しているとは思っていなかった。

「ひょっとして、あの有名な、鳥獣花木図屏風《ちょうじゅうかぼくずびょうぶ》ですか？」

「そう。お釈迦さまの入滅で、慕って集まってきた動物たちを、お釈迦さまの視点から描いたという説があるよね。」

沙織は、その解釈を知らなかった。若冲の絵画の背景にある祈りを、初めて知ったような気がして、心がぎゅっと締め付けられ、世界がにじんだ。ちょっと真剣な表情になって、改めて、店の壁に描かれた動物たちの姿を、沙織は眺めた。

黒川さんお得意の「ヘタウマ」のタッチだから、若冲のようにはいかないけれども、それでも、まるで自分のことを慕って集まってきているようにも、確かに見える。

頭の中を、ふわっと一陣の風が通り過ぎたように感じた。その風に喉を撫でられた猫のように、沙織は笑った。

「どの動物も、私を見ているように感じます。」

「それは錯覚さ。」

「それじゃあ、この店にいる人たちはみな、お釈迦さまというわけなのですね！」

黒川さんは、親指と人差し指で、アインシュタイン・ヘアをつまむようなしぐさをした。

「いやあ、そういうわけじゃないけどね。それじゃあ、お客さん死んじゃうから。」

つむじ風がホタルブクロに入って、やがて爆発するような勢いで、沙織が笑った。

ちょうどその時、ドアを開けてお客さんが入ってきたので、沙織ははっと口を押さえた。

黒川さんは、「いらっしゃい」と言いながら、キッチンに小走りで向かった。

お客が少ない時などは、沙織は、壁際に立ってぼんやりと店を見回していることがあった。時折黒川さんと会話を交《か》わすことはあるけれども、基本的には、黙って自分の世界の中に没入していたのである。

黒川さんが店の壁中に描いた「釈迦の入滅に集まってくる動物たち」の絵を観察することが、そんな時間の沙織のお気に入りとなった。

動物たちの造形は、一つひとつを見れば確かにヘタだったが、全体として醸《かも》しだされている風景は、沙織の心にすっと入ってきた。お釈迦さまがお亡くなりになる時に、慕った動物たちが集まってくるという、そんなモティーフを選んだ黒川さんの人物が、沙織の心に温《あたた》かいオレンジ色の光で映った。

絵は、描いてから時間がだいぶ経過していて、ところどころ色が薄れ、剝《は》げ始めていた。象の耳が欠けていたり、クジャクの飾り羽根がまだらに抜け落ちている。頭がなくなったまま羽ばたく鳥がある。

沙織には、油断すると口を軽く開ける癖があった。はしたないからやめなさい、と母に注意されるのだが、ほんとうにリラックスすると、ついやってしまう。

ある時、沙織が口をぽかんと開けて絵を見ていると、後ろから黒川さんが声をかけた。

「消えてきちゃっているよね。なにしろ、年末の大掃除のときにはモップでゴシゴシ拭いたりするからね。」

沙織は大いに驚いた。

「絵の上から、モップかけちゃうんですか？」

「そりゃそうだよ。ここは美術館ではなくて、レストランだからねえ。料理の脂《あぶら》や、煙草の汚れがついちゃうから、放っておくとどんどん薄黒くなっちゃってさあ。キレイにしておかなくちゃ。」

黒川さんは、素っ気なく言って、またキッチンに戻っていった。

沙織には、動物たちが、年月を経た太古の絵のようにも見えてきて、その時間の流れを感じようとも、努め始めた。

ある時、壁の上に描かれた動物たちを見ていて、沙織はふしぎなことに気づいた。

動物たちの身体のあちらこちらに、「ひげ」のようなものが生えている。たとえば、ラクダのぽこっ、ぽこっとしたコブの真ん中から、一つ白い線が出ている。あるいは、オウムの橙色《だいだいいろ》のクチバシから、斜めにひげが飛び出ている。キリンの黒い斑紋の中にも、白い線が見える。

最初は、染みかとも思ったが、それにしてははっきりし過ぎていた。むしろ意図的に引かれているようにさえ見えた。白い線は、動物たちの姿と妙にマッチしていた。

お客が少ない時など、沙織はぼんやりと絵を見て、白い線についていろいろ考えを巡らせた。

白い線の周囲はやや色あせていたが、そこに黒い色が見え隠れすることもあって、まるで動物たちを包む宇宙の漆黒の闇のように感じられることもあった。

沙織が『一枚の皿』に通うようになって一ヵ月。黒川さんとも大分親しくなってきた。『一枚の皿』の店内には、書類の整理をしたり、計算をしたりする、ちょっとした事務室があって、あちらこちらが擦《す》れて光っている古い木製の机と、腰掛けるのに少しコツが要りそうな椅子があった。

黒川さんは、時折そこに座って、計算をしたり、書き物をしたりしていた。沙織は、なんとはなしにそこが黒川さんにとっての「聖域」であるような気がして、近づかないようにしていた。

ある日、黒川さんは、沙織に向かって、おいでと「聖域」の入り口から手招きした。沙織は、少しつまずくような感じで、その部屋に向かった。

「まあ、何も、見るものはないけどね。」

黒川さんは、そう言いながら、茶封筒を一つ机の上に置いた。

「なにしろねえ、整理していたら、古い写真が出てきたもんだから。」

黒川さんは、封筒を覗き込むようにすると、手を入れ、写真を取り出して、一枚一枚、机の上に並べていく。

天井につけられた、今時はもう珍しい裸電球に照らしだされて、印画紙が過ぎ去った時代の消息を運んでくる。

『一枚の皿』の看板の前で、微笑んでいる青年がいる。間違いなく黒川さんだ。アインシュタイン・ヘアは同じだが、今よりも大分黒い。

店の中で、誰かが誕生会をしている。みな、色とりどりのフールズキャップを被って、楽しそうにしている。画面の右側から、ケーキを持っている腕だけが突き出ている。

黒川さんが、数人の男女と写っている。黒川さんの隣にいる女の人が、黒川さんの腕にしがみついて笑っている。

おそらく染めているのだろう。髪は明るい茶色だ。アイラインが青い。ミッキーマウスのTシャツを着ている。だいぶ若い。その風貌を目に焼き付けてから、沙織は次の一枚へと向かった。

一枚の写真が、沙織の注意を引いた。愛車の前で、キメキメにしている青年がいる。髪はポマードで固めているのか、オールバックでテカテカだ。大方、店に出入りしていた人なのだろう。スカイラインGT-R。かなりチューンナップされているようで、車高が少し低い。

沙織自身は、あまり車に興味がないのだが、従兄弟《いとこ》の一人がスポーツカー好きで、子どもの頃からいろいろ聞かされているので、知識だけはある。

「これ誰ですか?」

沙織は、あまり興味無さそうに、しかしあくまでも儀礼的に、スカイラインGT-Rのあたりを指して尋ねた。

黒川さんの口元が、愉快そうに歪んだ。

「ああ、その人ね、えーと、信じられないかもしれないけど、昔のぼくです。」

「えーっ、黒川さんなんですか？」

沙織の声が、少なからず上ずっている。本当のことを言うと動揺している。

「ええ、間違いなくぼくです！　ちょっと、認識するのが難しいかなあ。随分若い時だし、ヘアスタイルも違っているしね。しかし、よく見てください。目のあたりとか、今と同じでしょう。」

沙織は、子どもの頃から、一つのイメージを脳裏に記憶して、その後で別のイメージを見ると、その二つのイメージに共通した響きあう部分とその一方での差異を、心の中ではっきりと感じることができた。

まず、スカイラインGT-Rの前でキメている青年のイメージを頭に叩き込んだ。次に、目の前でニコニコ笑っている黒川さんの顔を見た。そして、二つの印象を重ねる。髪の毛のあたりは、ずれていて違和感があった。オールバックと、アインシュタイン・ヘアの差分。一方、目のあたりは……。そして頬や顎《あご》の周辺は……。

「あっ、黒川さんだっ！」

心の中で像が結ばれ、沙織は叫んだ。

「やっぱり、面影があるかい?」

目の周りから始まった黒川さんの笑いが、顔全体に広がって、やがて崩れた。

「いや、自分でも思うんだよね。昔のぼくはつっぱってたなあって。走り屋だったなあって。その名残は、今でも自分の中にあるはずなんだ。」

沙織は、改めて、黒川さんのことを見た。

どこをどう探しても、その残滓《ざんし》は見当たらない。

「こわいと思ったことなんて、一度もありません。」

沙織は、思わず口をついて出た言葉に、自分で驚いてしまった。

「あっ、つまり、私、黒川さんのことを、こわいと思ったことは一度もありません。」

黒川さんの笑顔は、屈託がなかった。しかし、その表層の裏側には、かつて暴走青年だった頃の、黒川さんがいるのだ。

沙織の顔の表情は、ほんの少しだけこわばっていたのかもしれない。

「実は、つっぱっていた頃や、それからしばらくはね、妙なことに凝っていてねえ。」

黒川さんは、本気で沙織に聞かせるつもりなのかどうか微妙な声量で、そんなことを言った。いつもより、少しだけ声が低いようにも感じられる。

「どんなことに凝っていたのですか?」

沙織は、純粋な好奇心にかられて聞いてしまってから、はっとした。オールバックのキメキメでつっぱっていた頃の黒川さんは、一体、何に青春の情熱を傾けていたのだろう。とても知りたいが、一方で不安だ。

「いやあ、本当にヘンなことだよう。」

黒川さんは、自分の胸のあたりを触りながら、目を泳がせた。

「沙織ちゃんに言っても、そんなに面白いことじゃないよ。」

沙織は、鼻のあたりがムズムズするような気がした。

「なんでしょう？　私、気になる。」

「ははは。そのうちにね、教えてあげるよ。」

黒川さんはくるっと背中を向けて、キッチンに行ってしまった。それでこの会話は終わった。

今が紅葉の盛りだから、山に行こうと言い出したのは黒川さんだった。

「楽しいよ。はあはあ言いながら山頂に行ってねえ、それから、冷たい空気を深呼吸すると。」

沙織は、その一言を聞いて、子どもの頃、よく山に登っていたことを思い出した。父が一時期登山にハマっていて、連れていってくれていたのだ。難しいところに来ると、幼い沙織の手を引いて、ペースを合わせて登ってくれた。出版社での父の地位が上がって、仕事が忙しくなると、山の中に入ることもすっかりなくなってしまった。

「楽しそうですね！」

沙織は、新しいスニーカーを買おうかと思案し始めた。


「そういうのって、どうなんだろう？」

武は、黒川さんの計画を聞いた瞬間から腹を立てたようだった。沙織は、自分の眉にぎゅっと力が入るのを感じた。

「だからさ、バイトの女の子を山に誘うっていうのは、店主としてどうなのかなっていうこと！」

「意味がわからない。」

「だって、山の中じゃ、ふたりきりになったりするじゃん。」

また嫉妬してるんだ、と沙織は、かえって面白くなった。

「あのね、前にも言ったけれど、黒川さんはそういう人じゃないから。」

武は、舌打ちした。

「沙織は男というものがわかっていないんだよ！」

沙織の頬に、血の色が差した。そんなことは、今、言われたくない。

「私は男の人のことがわかっていないのかもしれないけど、武も、黒川さんのことがわかっていないと思う。」

沙織はそれから——黒川さん、昔、つっぱりだったのよ——と武に言おうかと考えてやめた。

山には、結局、武も行くことになった。黒川さんは、「もしよければ武くんも」と、最初から言っていたのである。

一緒に出かけると決まると、武はすっかり調子が良くなった。沙織に「スニーカー、選んであげようか」などと言ってくる。

「行くんだったら、最初から、いろいろと文句言わなければいいのに。」

沙織の頬は、熟《う》れた桃のようになる。

武が、ほっぺたを指でつついて、ぷーっと息がもれた。沙織の肌の赤みが少し広がった。

約束の日は、空の青に混ざり色一つなく、集合場所のターミナルに向かう沙織の足取りも軽かった。

待ち合わせの改札外に現れた武は、本人としては様式美のつもりらしかった。頭からつま先まで、どこかのアウトドア雑誌で確かに見たような服装で揃えている。武は山に行ったことなんてなかったはずだ。

黒川さんは、もこもこっと膨らんだセーターに身体を入れている。お店にいる時と変わらない。違いは、古ぼけたマフラーを首に巻いていることだけだ。お世辞にも、洗練された恰好《かっこう》とはいえない。しかし、必要にして十分だともいえる。

沙織の着ているダウンジャケットはいつものやつ。入学祝いに、父が一緒に伊勢丹に行って買ってくれた。スニーカーを新調したことだけが特別だ。武は、その真新しいスニーカーを指して、「似合うね！」と笑っている。沙織の胸の中に、口に苦いゼンマイのような生きものの芽が出てくる。

スニーカーを新しくする必要なんてなかった。山に登るというので、つい気張ってしまったが、考えてみたら、黒川さんの周りにあるのは、いつでもどこでもキルトでつくったようなフラットな光景だ。その中にいればよかっただけなのに。

山へと向かう電車の中で、武は沙織の隣にさっと座った。黒川さんは、少し離れた場所に一人で立った。沙織が席を譲ろうとすると、黒川さんは笑って断った。武は席を替わろうともしない。武とふたりだけの空間。沙織は目をつぶって眠ったふりをした。武はずっとスマートフォンをいじっている。

近郊にあるその山は、初心者でも登りやすいと人気があった。最寄り駅から、バスで三十分くらい行くと登山口への停留所がある。そこから、三時間かけて尾根を二つ越えて扇状地《せんじょうち》に出る。周辺に広がる里山を歩いて、さらに一時間ほどで都心に戻る私鉄路線の駅にたどり着くことができた。

バスは比較的空《す》いていたが、それでも熱気がこもっていたのだろう、降り立った沙織は、ひんやりとした空気を気持ちよく感じた。見るものを不安にさせるくらい、青く澄み切った空。クサクサしていた気分をその瞬間に忘れた。

黒川さんは、バス停から続く道を、スタスタと少し肩を揺らしながら歩いていく。時々、首をぎゅっと曲げて、沙織と武がついてきているかを見る。武は、その度にわざとらしく沙織の手を握ったり、肩を抱いたりする。沙織は、身体の芯がピンで刺されて、標本箱に入れられた蝶のような感じがして、心の姿勢が修整できなかった。黒川さんは、にっこりと笑って、そのまま進むだけだ。

パタパタと羽根を動かしても、人は地上で一センチも浮上することができない。わかっていても、何だか悔しい。

沙織は、幼い頃、人と人とはテレパシーで交流できると信じていた。口に出さなくても、心の中で強く念じれば、相手に伝わると思っていた。大きくなってから、そんなことを考えるのはバカらしいと気づいたけれども、今でも苦しい時には、この小さな妄想がよみがえってくる。

今、沙織は山に登りながら、隣を歩く武に向かって強く念じていた。

自由が欲しい。空気が薄い。自分の中にある不安の種を、これ以上育たないようにして欲しい。

武は、全く気づかないようであった。

黒川さんは、同じスピードで歩き続ける。行く先の決まった定期船のように。

道は、しばらくなだらかな上りが続いていたが、やがて急になった。武も、沙織にちょっかいを出す余裕がなくなって、息を弾ませながら登っている。先頭を行くのは沙織だ。黒川さんは、いつの間にか最後尾についている。疲れたのではない。沙織や武がちゃんと登ることができるか見守っているのだ。

そのあたりの気遣いで、山登りをよくしていた頃の父のことを思い出した。

「ムナツキハッチョウ、ムナツキハッチョウ！」

後ろから聞こえる黒川さんの声がおかしくて、沙織は立ち止まって笑った。そのようなユーモアのセンスは、父にはない。

山が自分の中に入ってきたらしい。いつの間にか、肺に入る空気が濃くなって、沙織の羽根が広がってきた。杉の木の梢の上に、トンビがぐるぐると回っているのが見える。

山頂には、お昼頃に着いた。石碑に標高が書いてある。空気が澄んでいて、四方が遠くまで見通せる。視界の端の方が、ちょっと紫がかっている。

広葉樹の葉っぱが、黄や赤、茶に色づいている。錦色《にしきいろ》の風景は、自然の豊穣を表している一方で、どこか根本的なところで人間を拒絶しているようにも、沙織には感じられた。

「ここから見える景色のほとんどには、人間が立ち入ることがないんだよなあ。」

黒川さんが、感じ入ったように言った。

「ここまで歩いてきた道なんて、山という塊のごく一部に過ぎない。山という存在のほとんどは、私たちには見えないままなんだよね。」

沙織は黙ったまま頷いた。

「人間も、同じじゃないかなあ。」

黒川さんが続けてつぶやく。「それぞれの人の中に、全く見えない部分がある。誰にでもね。」

「黒川さんにも、あるんですか？」

沙織の目は、少し黒光りしている。

「ああ、もちろん。」

黒川さんは、衒《てら》いなく言った。

武は、道端の石を蹴っている。そろそろ、移動すべき時間だ。

山頂から降り始めてしばらく尾根伝いに並進すると、再び道が下り始めた。

「ほら、あれ！」

武が指す方を見ると、青空の中に、赤と白のツートンのヘリコプターがあった。その鮮やかさが、ひと目で沙織の心をつかんだ。立ち止まって見上げることは、疲れた足を休める良い口実になった。しばらく見ていると、同じところを回転したり、ホバリングしたりしている。

沙織は、おやと思った。撮影や調査にしては、様子がおかしい。ヘリコプターが低く飛びすぎている。目の前で起こっている事態が、どこか厳粛で、敢《あ》えていえば、恐ろしいことのように沙織には感じられ始めた。

「あ～そういえば。」

武が軽い口調で言い出したことの内容は、しかし、その口調とは裏腹に重かった。

「なんか、ニュースに出てた。山の中で、子どもが行方不明だって。」

沙織も思い出した。小学生の男の子が、親と山に登っている途中ではぐれてしまって、見つからなくなってしまった。下山した親が届け出て、大規模な捜索が行われている。確か、そんな事件ではなかったか。

「たけるくん。」

突然、ヘリコプターから、そんな呼びかけが聞こえてきた。

「たけるくん、どこにいますか。いたら、手をふってください。」

山に響き渡るような、ずいぶんと大きな音量なので、沙織は驚いた。それまでも、ひょっとしたら呼びかけていたのかもしれないけれども、風の加減か、あるいはヘリコプターとの位置関係で、耳に届かなかったのかもしれない。

沙織にとって、目の前の風景の意味は一変した。晩秋の色づいた木々の葉、草地、そして山肌。上に広がる、悲しいほど青い空。万有《ばんゆう》が、心の肌をひりひりと擦《こす》るかのように感じられる。

ヘリコプターは、行方不明の子どもがこのあたりにいるのだろうと、目星をつけているのだろうか。尾根と一定の距離を保っている。ヘリコプターからは、木々、そして山肌に着生する草が命の営《いとな》みを終え、枯れ行きながら発色する赤や黄、そして茶が見下ろせているはずだ。その生命の終わりの錦色の風景の中に、子どもの姿が見えないかと、捜索隊は必死に探しているのであろう。

ヘリコプターは、旋回しながら、呼びかけを続けている。「たけるくん」という音が、大きくなったり、小さくなったり、あるいは思いがけないほど近くで聞こえたりする。

「行方不明になっている子の名前、たけるって言うんだね。」

偶然の一致は、さっきから沙織も気になっていた。もっとも、「たける」という音が同じでも、行方不明になっている「たける」君の名前が、どんな漢字で書かれるのか、それはわからない。

「たけるくん、どこにいますか。いたら、手をふってください。」

ヘリコプターから、再びそのような呼びかけが聞こえてきた。

武が、立ち止まって空を見上げている。

「ぼくが、今ここで手をふったら、どうなるかな。ぼくは確かにたけるだし、ウソじゃないよね。ヘリコプター、こっちに近づいてくるかな。」

沙織は、助けを求めるかのように、黒川さんの表情を見た。黒川さんは黙ったまま空を見上げていた。

やがてヘリコプターは、旋回をやめると、直線的に飛行し始めた。次第に空の中の小さな点になり、尾根の向こう側に見えなくなってしまった。

「燃料がなくなったのかな。」

黒川さんは、そうつぶやき、空の青を腕組みしたままじっと見つめている。一緒にヘリコプターの行方を追っていた沙織がふと目を下ろすと、黒川さんの首から肩にかけての肉体の線が、それ自体一つの山塊であるかのように感じられた。

それから、三人は、押し黙って山を降りていった。

山道を下りながら、沙織は、半《なか》ば無意識のうちに、行方不明になっている「たける」君の姿がどこかに見えないか探していた。沙織は、黒川さんもまた、自分と同じように「たける」君を探していると感じた。視線の配り方でそれがわかる。

武は、ポケットに手を突っ込み、下を向いて黙って山道を歩いている。

たける君は、沙織たちが山に行った二日後に遺体で見つかった。ご両親が、沈痛な表情で記者会見をしているのを、沙織は大学の生協のカフェテリアのテレビで見た。たける君は、小学校五年生だった。「たける」の字は、武とは違っていた。

あの時、ヘリコプターが飛んでいた空の、深海のように青く冷たく澄み渡った印象。心が重いままに下山した山道の、足元のごつごつとした感触。赤や黄に染まって枯死《こし》し、土に落ちていく、植物組織たちのありさま。そんな風景の中から放射されてくるヒリヒリとした緊迫感が、大学という日常の中でよみがえってくる。

生命の最期の時間の中で、たける君は、どんな風景を見ていたのだろう。何を感じていたのだろう。唇はどう動き、肺はどんな風にふくらみ、空気を呼吸していたのだろう。お母さんのことを、思い出したかしら。人生が、そんなに早く終わってしまうことを、どう感じたかしら。ああお母さん、とつぶやいたかしら。

沙織は、自分自身の、小学校五年の頃をふりかえった。あの頃は、何も考えていなかった。でも、時間だけは無限にあるような気がしていた。

大学生になって、残り時間は減ったような気がするけれども、それでもまだ、たっぷりあるように感じている。黒川さんの時間は、だいぶ少ない。だけど、黒川さんは、残りの人生を無限と感じているのだろうか。

父は、どうなのだろう。

沙織は、その日、武からの電話やメール、あるいはＬＩＮＥのメッセージが来なければいいなと、そんなことばかりを考えていた。事件に触れる武の不用意な言葉で、自分が傷つくのが怖かったのだ。

ベッドの脇に置かれた赤い目覚まし時計が父の面影と重なる。武と付き合い始めた、と報告した時に、父は、あまり良い顔をしなかった。こんな人だよ、と笑顔で言ったら、黙って立ち上がりコーヒーを淹《い》れに行ってしまった父。

沙織は、枕もとのテディベアの首に子どもの頃につけたリボンを、何とはなしに触ってみた。リボンの赤は、窓から入ってくる日差しを受けて、茶色に変わってしまっていた。


大学の授業に行っても、沙織の心は、メインローターの一枚が壊れてしまったヘリコプターのように、うまく飛べないような気がした。姿勢を崩して、同じところをぐるぐると回っている。

しかし、『一枚の皿』に行って、黒川さんの顔を見ると、一瞬にしてやさしく、温かくて、なんだか人間らしい気持ちになるのだった。黒川さんがコーヒーを淹れている時間が、ほっとする。

街を歩いていても、木々の葉が一枚ずつ落ちて、数が減っていくのがわかる。『一枚の皿』に通う沙織は、うつむいて、路上に落ちている枯れ葉を一つひとつ確認する。

沙織は、黒川さんが描いたヘタクソな動物たちの背後から生えてきている「白いひげ」のようなものが、いつしか好きになっていた。

お客さんが来ない時など、沙織は、店の隅に立って、キリンや、象や、カバの身体から生えてきている白いひげを数えた。沙織は心の中で、白いひげに番号をつけていた。片隅から、1、2、3……と、番号を振っていったのだ。何度も繰り返し、どの白ひげが何番か、記憶した。白ひげを見た瞬間、数字が思い浮かぶくらいにはっきりと。白ひげは、全部で三十六本あった。もっとも、これは、塗料が色あせて裏地が見えてきたところを数えただけだから、実際には、さらにたくさんあるのだろう。

沙織のお気に入りは、7番、13番、29番の白ひげだった。

冬の始まりを感じさせる冷たい空気に街は包まれていた。沙織は、大学の生協のカフェテリアで、美香《みか》と会っていた。

美香は、沙織と第二外国語の選択がいっしょで、華やかな雰囲気がかえって沙織と気が合った。マッシュショートの美香は、ボーイッシュな印象でさばさばとしている。

「お父さん、元気?」

美香は、以前、沙織の家に遊びにきたことがある。

「うん、まあ。」

沙織は、目をスマートフォンの方に向けた。特に着信は来ていない。

沙織は、山に行ったこと、行方不明のたける君のこと、武の軽率な振る舞い、その頃から何とはなしに気が塞《ふさ》いでいること、そして、黒川さんの店でバイトをしていると気持ちが落ち着くことなどを美香に話した。

「その、黒川さんていう人の料理、おいしいの？」

「うん、派手じゃないけどね、しっかりとした味。やっぱり、料理には人柄が出るのかしらね。」

「へえ、私、一度食べてみたいなあ。」

「おいでよ。黒川さん、きっとおごってくれるわよ。」

「どんな内装の店なの？」

「なんだか知らないけれども、動物や鳥の絵がたくさん描いてある。」

「なにそれ？」

「黒川さんが、自分で描いているのよ。」

「上手いの？」

「ううん。でも、なんというか、味がある。」

そんな風に『一枚の皿』の料理や店の雰囲気について、しばらく話していると、美香の眼がピカリと光った。

「ねえ、沙織、あなた、黒川さんに恋をしているんじゃない？」

「えっ、まさか！」

「そのまさか、じゃないの？」

「違うわよ。確かに、黒川さんと一緒にいると、気持ちが落ち着くけど、恋とか、そういうのとは違うと思う。そもそも、黒川さん、私のお父さんに近い年齢だし。」

「そうかしら。沙織、最近、黒川さんのことばかり話しているようだけど。」

美香は、あてにならないなあ、という風に、人差し指を振った後、少し斜めの視線で沙織のことを見た。相手の真意を探ろうとする時の美香の癖だった。

「武は、何て言っているのよ？」

「思い切り嫉妬してる。私が黒川さんのことを言うと、怒り出すの。へんでしょう？『一枚の皿』でバイトしたら、とすすめたのは、武だったのに。」

「ふうん。」

元々、武のことを余り認めておらず、「武は沙織には不釣り合いだ」と言うのが常の美香は、「やっぱりね」というような表情だった。

「男の子なんて、そんなもんよ。特に、武のようなやつはね。」

珍しく忙しい日だった。沙織は、『一枚の皿』のキッチンで皿を洗っていた。初々《ういうい》しい雰囲気のカップルに初老の夫婦、それにがやがやと騒がしい学生の集団で、『一枚の皿』は、午後九時過ぎまで賑わっていた。

ようやく喧騒も一段落して、気付くと、沙織の横には黒川さんが立っていた。なぜか、ににことしている。

「いつか見せた、ぼくのあの写真、覚えているかい。」

「ええ、もちろん。スカイラインGT-Rの前で、黒川さん、キメキメにしていました。」

「その頃に、ぼくが凝っていたことがあるって言っただろう。覚えているかな？」

「ええ。」

「何に凝っていたか、知りたい？」

「ええ、教えてください。」

「ちょっと変わったことなんだよなあ。」

「ガールハントですか？」

「ガールハント？　ヒョウタンツギもそうだし、沙織ちゃんは、随分古い言葉を知っているなあ。違うちがう。そうじゃなくて、もう少しだけ、イヤ、かなり変わったこと。」

「何ですか？」

「ほんと、実際、変わったことだから、話すと、厭《いや》な人だ、へんな人だと、君に嫌われるかもしれないし。」

「大丈夫です。私、黒川さんのファンですから。」

その時、ドアのベルが鳴って、お客さんが来た。

「じゃあ続きは、君のボーイフレンドが迎えにきたときにね。」

黒川さんは、不器用にウィンクの真似事のようなことをすると、そのままキッチンに入っていった。

二十二時の閉店時間までに、数人の客が来て、帰っていった。

二十二時十分、武が来た。このところ、閉店時間になる頃に沙織を迎えに来て、一緒に帰っていくようになったのだ。それはうれしいのだが、武が来ると、それまで静謐《せいひつ》だった『一枚の皿』の中に、駅前の雑踏の喧騒が一緒に入ってくるような気が沙織はしていた。

「コーヒーでも飲むかい？」

沙織はいいですと断ったが、武が「カフェオレをください」と言ったので、黒川さんは立ち上がって、ミルクを温めた。

テーブルの上に、マグカップが置かれる。香ばしい匂いがあたりに漂《ただよ》った。沙織は、やっぱり少し飲みたくなって、武に「一口もらっていい？」と聞いた。武はマグカップをずらしてよこした。

テーブルを挟んで、黒川さんに、武と沙織が向き合うかたちになった。

黒川さんは、沙織の目を見てから、武の方にちらっと視線を走らせた。

「やっぱり、聞きたいのかい？」

「ええ。」

沙織がそう答えると、黒川さんは肩をすくめ、レストランの奥の方にある、例の小さな事務室へと歩いていった。

「こっちへおいで。」

黒川さんの声が少しくぐもって聞こえる。沙織が立ち上がり、少し遅れて武が事務室の方に向かった。

半開きのドアの向こうで、黒川さんが腰をかがめているのが見える。沙織と武が中に入って並んで立つと、かなり窮屈な感じになった。

「ここにあるかなあ。入れたはずだけどなあ。」

黒川さんは、机の上に、雑然と置かれている箱をガサガサと探している。

いろいろなものが、出てくる。糸の切れたけん玉。黒マジックの跡のついた三角定規。散りぢりになった紙の繊維。

「ああ、そうだ、あっちだったかもしれない。」

黒川さんは、事務室の端にあるロッカーの向こう側に積まれた箱を一つ、二つと取り除けた。三つめの箱の蓋を開けて、それから、「ああ、やっぱりこの箱だ」と言った。

やがて、黒川さんは一束《ひとたば》の新聞紙を武と沙織のところに持ってきた。

紙の塊は、興味深い「グラデーション」になっていた。白から黄まで少しずつ、春に空気が一日毎《ごと》に暖かくなっていくように移っていく。沙織は、そんなアート作品を見たことがあるような気がした。

　黒川さんは、テーブルに積み上げられた新聞紙をポンと一回叩いて、にっこり笑った。埃《ほこり》が舞って、武は少し大げさな身振りで口を押さえた。

「これがね、当時のぼくの、インスピレーションの元さ。」

「インスピレーション？」

　沙織は思わず、その単語をそのまま反復した。目の前の古新聞と「インスピレーション」という言葉が、余りにも似つかわしくないように感じられたからである。

「そうさ、インスピレーションさ。」

「見てもいいですか？」

　沙織が聞くと、黒川さんが、「どうぞ！」という身振りをしたので、沙織は、グラデーションのうち、いちばん黄色い方をめくってみた。

　普通の新聞だった。保存されているのは社会面だ。さまざまなニュースが報じられている。国会の動き、大きな事故。著名人の死去。大雨などの災害。火災。裁判の判決に対する反応。社会面だけに、雑多なニュースが報じられている。

　しかし、そのどの記事が、具体的に黒川さんの「インスピレーション」の元になっていたのか、今ひとつわからない。

　沙織は、黄から白へと、だんだんとめくっていく。

外国での暴動がある。スポーツの試合結果がある。しかし、どれも「それ」らしくない。

「切り取ってスクラップするんじゃなくって、そのまま取ってあるんですね。」

上から覗き込んでいた武が聞いた。

「そうだよ。どうも、切り取るのが好きじゃなくってね。だって、その時々の雰囲気を、まるごと保存しておきたいじゃない。」

「そうですよね！」

黒川さんの言葉に、武が、少し大げさな身振りで反応している。

「やっぱり、デジタル情報じゃあ、こういうことはできないですよね。整理部がどんな風に記事を並べて見出しをつけるか、そこまで含めて新聞の価値だと思うから。」

沙織の頭の中で、電球が点《とも》った。しばらく前に、武がジャーナリズムの授業をとったと言っていたのを思い出した。今の武の反応は、教授が喋《しゃべ》っていることとの受け売りに違いない。

以前、武と話していて、社会面と、経済面、そして政治面の前後関係など、新聞のどこにどんな記事があるのか、そんな「認知地図」が出来ていないということに、沙織は気付かされたことがあるのだけれど。

黒川さんは、沙織の横顔をじっと見つめている。

「気づかないかい？　すべての紙面に共通しているモティーフを？」

黒川さんが促す。

何かしら、と沙織は考えた。

あらためて、黄から白までグラデーションになっている新聞紙を、パラパラとめくっていった。アインシュタイン・ヘアは、微動だにしない。黒川さんが注視しているので、一刻も早くと気が急《せ》く。武が覗き込んでいるのも、気が散る理由の一つだった。自分が黒川さんに何か言う前に、武がへんなことを言ったら、すべてが台無しになるような気がした。

黒川さんの「謎」を解かなくちゃ。スカイラインGT-Rの前でキメキメにツッパっていた頃に何に凝っていたのか。その「先」に一体何があるのか、わからないのだけれども。

あっ！

突然、沙織には、「それ」が見えた。新聞の活字が、滲《にじ》んでふわりと膨らんで、お互いに共鳴しているように、心の中で大きなイメージになって重なった。その文字のコラムが、地上から天上までを貫く光の柱となり、沙織は包まれた。そして、一瞬にして更新させられた。


「七十歳老婆、死後一ヵ月で見つかる。」

「近所の人も気づかず。管理人に発見される。」

「玄関に新聞の山。警官の問いかけに応答せず。」

「家族の電話に出ず一週間。警察立ち会いのもと発見される。」

新聞をめくっていくと、それらがすべて、誰かが一人で亡くなって発見された「事件」のことであるということに、沙織は気がついた。

「近所の人の話によると、最近姿を見ないから、おかしいとは思っていた。そういえば、何か異臭がして、犬が吠えていたのが気になった。カラスの数も、増えていたような気がする。」

活字の連なりが更新されていく。一つの言葉が、ゆらゆらと揺らぐ無意識の底から浮かび上がってくる石塊《いしくれ》のように、じんわりと見えてくる。

沙織は、はっとしたように黒川さんの方を向いた。

「こ・ど・く・しなのですか、黒川さんのインスピレーションのもとって。」

うん、黒川さんは頷いた。「ずっと昔のことだけどね。」

その表情の中に一瞬、親しい人をさえ居心地悪くさせるような真剣さが稲妻のように走ったことを、沙織は感じていた。

「その頃の黒川さんは、孤独死に凝っていたのですか？」

沙織は、「凝っている」という言葉がヘンだなと自分でも思いながら、そのような問いを発せざるを得なかった。

「そうなんだ。実際、凝っていたんだよ。」

沙織が、怪訝な顔で黒川さんを見つめる。武が、視野の中からすっと消えていく。ほんとうに一つのことに集中すると、他のすべてを消すことができる。目を瞑《つむ》る必要もない。目を開けたままでも、ただ、余計なものが心の中から消えていく。

「孤独死に、ですか？」

黒川さんが頷いた。

髪の毛をポマードで固めて、スカイラインGT-Rの前でかっこうをつけている黒川さんが、その頃凝っていたのが「孤独死」だとは。

何だかすべてが、うまく焦点を結んでくれない。

知ったことが、心の中で、落ち着いてくれない。

「もうそろそろ、帰らなくちゃ。」

武が、イライラしたように言う。そういえば、今日は、帰りに途中のバーで一杯だけ飲んでいくと約束していたのだった。

もっと、黒川さんの話を聞きたかった。心の中で、落ち着かせたかった。

武が、沙織のバッグを持ってさっさと出口の方に向かい始めてしまったので、促されるようにコートを着た。

沙織が、袖《そで》が当たらないように気をつけながら古新聞の束を元に戻そうとすると、黒川さんはそれを押し留めた。

「あっ、いいんだよ。ぼくが片付けておくから。」

すみません、と言って、沙織は武と店を後にした。

中途半端な気持ちだった。


武が沙織の授業に潜りたいというので、仕方がなく教室の場所を教えた。

その日は、沙織が大好きな人類史の授業だった。教授は石田《いしだ》という人で、眼鏡をかけて、だいぶ薄くなった髪の毛を無理やり横に流してボリュームを稼いでいた。ぼそぼそとしゃべるので、マイクを使っても教室全体に、その言葉の熱量が届かない感じだったが、話す内容が面白いので、沙織はその授業が気に入っていた。

武は、沙織の隣に座った。授業が始まってすぐスマートフォンをいじり始めたので、沙織は武に教室を教えたことを後悔した。できるだけ気を取られないように、頬杖をつくふりをして武を視野から消しながら、石田教授の話を聞いた。

石田教授が、学生のそんな仕草に気づくはずもない。教授の振る舞いは、完全に学問に没入してしまっている人のそれである。

「人類の精神の発達の歴史において、絵画の果たした役割は大きいのです。人間は、絵画にそれだけの大きな意味を見出していた。洞窟絵画の描かれ方を考えてみましょう。絵画が発見される洞窟は、しばしば、入り口から細い通路を這《は》って進んで行かなければなりません。暗く、狭い中を、獣の脂を燃やしながら進んだのです。おそらく、膝を屈しなければならなかったでしょう。腹這いになったでしょう。そのようにしてたどり着いた空間に、彼らは、思いの丈をぶつけて絵を描いたのです。時には、壁に自分の手を押し当て、塗料を吹き付けて手形をつくりました。手を塗料に浸して壁に押し付けたこともある。ぎゅっと、思いの丈を込めて押し付けたのでしょう。」

　口調は、淡々としている。声も小さい。しかし、底には、チロチロと炎が燃えるような情熱がある。そして、「思いの丈」という言葉を連発する。実際、あまりにもその言葉が多いので、学生たちは、教授のことを陰で「オモイノタケ」と呼んでいた。中には揶揄《やゆ》するニュアンスで言う者もあったが、多くの口には尊敬が込められていた。

　オモイノタケが、今日も、学問に対する思いの丈を語る。

「彼らが、現世人類の祖先なのか、それともネアンデルタール人なのか、それは確たる証拠がない。いろいろ議論があるけれども、決着はつきそうもない。いずれにせよ、現代人の遺伝子の中には、二・八パーセントのネアンデルタール人がいる。彼らは、なぜ絵を描いたのか。きっと実用ではなく、止むに止まれぬ気持ちがあったのでしょう。彼らは、思いの丈を絵にぶつけた。ライオンや馬、鹿。驚くほど精巧に描かれた絵がある。それらの動物は生きている。今にも、壁から飛び出しそうである。技術的にも驚くべきものである。獣脂を持って、暗いトンネルを抜けて、這って、ずっと奥の絵が描かれた古代芸術の殿堂まで、どのような思いの丈が、彼らをこのような困難な業に向かわせたのか。すべての視覚芸術の起源は、洞窟にあるとさえ言われているのです。」

どのような思いの丈が、オモイノタケを学問に向かわせているのか。今の時代、流行らない学問。一般教養がリベラル・アーツになっても、時代はその広大無辺さに追いつかない。学問の方でも時代に届かない。沙織の同級生は、就職に役立ちそうなビジネス系の授業にばかり熱心になる。沙織が、オモイノタケの話を聴きながら、頬杖を外して一瞬武の方を見ると、スマートフォンの画面にいろいろな色をしたたくさんのつぶつぶが上から落ちてきて、くっつき、消えていた。

オモイノタケの授業が終わると、武は「オレ、これから授業があるから」とそそくさと席を立った。

「バイトが終わる頃に、迎えに行くからね。」

武は、沙織の肩を軽く抱くと、そう言って教室をかけ出していく。時々顔を合わせる銀縁の眼鏡をかけたオタクっぽい男子が、怪訝そうな顔で沙織の方を見ていた。

「武、何しに来たんだろう?」

LINEで待ち合わせた生協のカフェテリアでランチをとりながら、沙織は美香にこぼした。

「せっかく来たのに、オモイノタケの話なんてぜんぜん聴いていなくて、スマホでゲームやっているのよ。」

「ふうん。武らしいじゃない。」

もともと武のことを評価していない美香にとっては、そのような行動は「織り込み済み」のようだった。

「あれで、自分のやっていることには、自信があるのよね。将来、絶対ビッグになるって。若手起業家が講師のセミナーなんかに行って、自分もそんな風になるって信じているみたい。」

「意識高い系ね。」

沙織がそう言うと美香は笑った。

「私のこと、将来、絶対に幸せにする、ファーストクラスで海外旅行に行って、クルーザーも持つ、なんて言うのよ。」

「つまり、沙織のことがそれだけ好き、ということなんじゃないの。愛されているのよ。」

美香はそう言いながら、つまらなそうに、フォークでパスタをつついている。沙織も美香も、武がそのような輝かしい将来を持つことは恐らくないだろうと、どこかで感じている。もちろん、人生には何があるかわからないけれども。

「それよりも……」

顔を上げた美香の眼が、輝いている。

「沙織の素敵なもう一人のカレシ、どうしてる？」

「カレシって？」

「ほら、アインシュタインに似ているおじさん。」

「だから、カレシじゃないって。そういうんじゃないって、言っているじゃない！」

沙織はほっぺたを膨らませて、ストローで飲みものをかき回した。

「でもね、本当にヘンなことを言うのよ。」

美香の表情に、明らかな好奇心の色が表れた。

「黒川さんが、スカイラインGT-Rの前で、キメキメにしている写真がある、って言ったでしょう。」

パスタをつついていた美香の手が止まっている。

「その頃ね、凝っていることがあったというから、この前、聞いてみたの。そうしたら、たくさんの古新聞が出てきたの。」

「古新聞？」

「そう。古新聞。黄色になっているものからまだ白いものまで、グラデーションみたいに層になっていて。それで、その紙面をめくっていると、何が共通点だと思うって聞くの。」

「それで？」

「しばらく見ていても、わからなかったんだけど、突然、わかったの。共通している記事は、孤独死だって。」

「コドクシ？」

「そうなの。黒川さん、孤独死に凝ってた、って言うのよ。」

「何それ、気持ち悪い！」

美香の目は、言葉とは裏腹に、もっと知りたい、という気持ちで光っている。

「私ね、歳の差、案外、平気なんだ。」

「美香、何、言ってるの。」

沙織が呆れてみせても、美香は平気だ。

「私、一度、そのお店に行ってみようかしら。」

美香は、ふたたび熱心にパスタをつつき始めた。


美香が、『一枚の皿』のドアを開けたのは、それから数日後だった。沙織が皿洗いをほぼ終えた時、お店を覗き込む美香と目が合ったのだ。

「ああ、いらっしゃい。」

沙織から、店が始まる前に、今日は友人が来ると聞かされていた黒川さんは、下ごしらえをしていた手をとめると、顔を上げて笑った。

「今、賄いをつくるよ。オムライスでいいかな？」

沙織がオムライスをオススメだと言ったので、美香は、それを食べてみたいと言った。

その日は、珍しく、黒川さんも一緒に座った。三人で、黙ってオムライスを食べた。美香が、しきりに、「おいしい」と口にした。

「コーヒーを淹れるよ」と黒川さんが立った。黒川さんがキッチンの壁の向こうに消えると、美香が沙織に身体を寄せてきた。

「すごく素敵な人じゃない。」

「そうかしら。」

「ちょっと、沙織のパパに印象似てない？」

美香の言葉に、沙織はびっくりした。

「全然違うわよ！」

黒川さんは、ちょっと太めで、熊のような外見をしている。一方、沙織の父は、年を重ねても青年のように細身だ。

「そりゃあ、外見は違うわよ。でも、雰囲気が似ているところがある。」

美香の言葉に、沙織は、少し考えるような表情になった。

「奥さんや恋人、いるのかしら？」

「知らない。」

「あんた、聞いたことないの？」

「ない。」

「この店で働きだして、どれくらい経つの？」

「もう少しで二ヵ月。」

「それで、何も知らないなんて、あり得ない！」

美香が呆れたところで、トレイにコーヒーを三つ載せて、黒川さんが戻ってきた。

「ぼくが昔、凝っていたことについて聞きたいんだろう？」

コーヒーを一口飲み、天井を見上げて「うーん、うまい」とつぶやいたあとで、黒川さんはそう言った。

「そうなんです。私、黒川さんに興味があって。」

美香の方が、沙織よりも積極的だ。

「孤独死に凝っていらしたって、どういうことなのですか？」

黒川さんはしばらく黙って、コーヒーカップの中の黒い液体を見つめていた。

「あのさ、一人で死んじゃう人、いるじゃない。」

黒川さんが、ぽつり、ぽつりと話し始めた。

「ただでさえ、死ぬのはイヤなのに、悲しいのに、この宇宙でたった一人で死ぬなんて、最悪じゃない。」

「ほんとうに、そうですね、でも……」

美香は、黒川さんの言うことに共感する素振りを見せながら、その一方で案外、理屈っぽい。「病院で、お医者さんや、看護師さんや、家族に囲まれて死ぬ人も、死ぬ、ということに関しては、一人なんじゃないでしょうか。その身体の変容を引き受けるしかない、という意味では。」

「ははは。確かにそうかもしれないね。」

黒川さんは、弱々しく笑った。

「アパートなどで、お年寄りが一人で死んでしまって、一ヵ月も二ヵ月も経ってから発見されて、その間、遺体の腐敗が進んでしまって、匂いで気づくとか、そういうニュースを見ると本当にたまらなくなってしまって。」

美香の理屈っぽさは、なかなか許してくれない。

「でも、野生の動物たちは、皆、孤独死なんじゃないでしょうか。ジャングルの中で、襲われ、傷つき、血を流して、やがて意識が薄れていって、力尽きて死んでしまう、そんな動物の最期は、やはり孤独死なのではないでしょうか。」

「そうかもしれないね。」

黒川さんは、あくまでも素直である。

沙織が助け舟を出した。

「それで、黒川さんが、孤独死に凝っていたって、どういうことなんですか?」

「いや、新聞に孤独死の記事が載っていると、そこだけそっと抜いて、しまっておいたんだ。その頃は両親と住んでいたから、気づかれないようにね。」

「ただ記事をとっておいた、それだけですか？」

「そうだよ。孤独死のニュースなんて、社会面にちょこっと載るだけさ。報じられないこともたくさんあるだろう。だから、せめて、ぼくが覚えていてあげようと思った。無縁仏のようなものかな。孤独死についての記事を積み重ねることによって、何かをしている気になったんだ。」

「それって、スカイランGT-Rの前でキメキメにしている頃のことなんですよね？」

「ああ。高校を出て、働き始めた頃のことかなあ。それから始まって、十年くらい集めていたかなあ。」

「美術大学に行かれたんですよね。」

「そう。でも、普通に言えば五浪だよ。大学に入ったのが、二十三歳の時だから。」

「えっ、そうなんですか⁉」

沙織が、驚いて黒川さんを見た。隣では美香が、そんなことも聞かないで今まで働いていたの？　とでも言いたげに、沙織を見ている。

「高校はほとんどドロップアウトで、というのも、人を蹴落とすために勉強をするのがイヤで、それで引きこもって。でも、仲間たちと改造車を走らせるようになったら、外に出られるようになって。ただ、向いていなかったんだよね、そういうの。ツッパリしていても、どこか、ムリしている感じがあった。ガソリン代を稼ぐために昼間につまらない仕事をやるのも、飽きてきちゃった。だから、ぼくはやめるって仲間に言って、予備校通って、美大を受けた。子どもの頃から、絵は好きだった。美大って言っても、誰でも入れるところさ。藝大とかじゃなくてね。だから、デッサン力がそんなになくても入れた。しかし、絵を描いていて、どうやら向いていないと思って、三年に進む時に芸術学科に替えたんだ。芸術をつくる方じゃなくて、研究する方だったら、できるかな、と思って。」

「黒川さんは、奥さんはいらっしゃるんですか？」

美香が少し見上げるような視線で聞いた。

「いたけど別れた。というか、出ていってしまって、どこにいるのか知らないんだよ。ひょっとしたら、ある日戻ってくるんじゃないかと思って、この店をやってる。」

「この店のこと、奥さんは知っているんですか？」

「っていうかさ、ここ、もともと、妻の親父がやっていたんだよね。違う名前の店だったけど。」

「えっ!?　そうだったのですかっ。」

沙織は、再び、心底から驚いた声を上げた。

「義理のお父さんは、今はどこでどうされているのですか？」

「郷里の香川《かがわ》に帰っているよ。もともと、地元に家があって、いつかは継《つ》ぐという約束で、東京に出てきていた人だからね。この店には、もう五年くらいは来ていないなあ。何しろ、娘が出ていっちゃったんだから、用もないよね。でも、義理の親父とは、妙に気が合ってね。未《いま》だに、店の名義は、義理の親父のままなんだよ。だから土地や建物は、借り物さ。」

黒川さんは、そんな込み入った事情を淡々と語るのだった。

アインシュタインに似た、ニコニコ笑う気のいい親父さんとばかり思っていた黒川さんの背後に、そんなややこしい歴史があることが、沙織には意外だった。

沙織は予断を持たない。一方の美香は、意図的に生きている。美香の方が人生の事態が動きそうだが、実際にはそうでもない。沙織には恋人がいるが、美香にはボーイフレンドがいない。

「そんな黒川さんが、ツッパリをしながら自分だけの趣味を持っていた……」

今ひとつわからないという様子で、美香が尋ねた。

「まあ、新聞記事自体は、美大に入って、妻と出会って、この店に来るようになって、その間も、ずっと集めていたんだけどね。」

そこまで言うと、黒川さんはコーヒーを一口飲んだ。「それだけだったらいいんだけどね。」

黒川さんは、本当に申し訳なさそうに、神父に告解をする人の口調になった。「そのうちに、時々、街を歩きながら、自分で孤独死の人を探すようになったんだ。」

「えっ、どういうことですか⁉」

「いや、裏通りとか歩いていてさ、いかにもお年寄りが住んでいそうなアパートの前で立ち止まり、その窓枠の鉄さびを見つめながら、新聞がたまっていないかなとか、カーテンが閉められたままになっていないかなとか、奇妙な匂いがしないかなとか、探していたんだよ。」

今度は、美香が驚く番だった。

「あのう、孤独死の人なんて、そんなにすぐには見つからないのでは……」

「そうなんだよ、いくら世の中がギスギスしたからといって、そんなに孤独死が溢れているわけではないし。」

黒川さんは、寂しそうに笑う。その寂しさは、世の中には孤独死をする人たちがいる、という事実自体に向けられたものなのか、それとも、孤独死をしている人たちを見つけられない、ということについての寂寥《せきりょう》なのか、あるいは、そんな不思議な活動をしている自分に対する諦《あきら》めなのか、もはやわからない。黒川さんの言っていること自体が、沙織にはそもそもよくわからなかった。

「見つけたかったんだよね。一人でもいいから、自分だけの孤独死を。」

美香も、混乱しているようだった。

「それで、見つかったんですか？　孤独死の人。」

美香の聞き方は、ほとんど尋問だ。

「いやあ、見つからなかったよ。何をやっても、ダメなんだよね、結局。」

そう言って、黒川さんはアインシュタイン・ヘアをかき上げた。

美香は、ようやく、ほっとしたように笑った。沙織も笑った。

「オムライス、ごちそうさまでした！」

そのあとは他愛もない話が続いたが、開店時間が近づいてきたので、美香は帰っていった。沙織は、美香を駅に行く道の途中まで送っていった。美香は、口数が少なかった。「店に戻るね」と沙織が言っても、美香は「うん」と返事するだけだった。

「ほんとうに変わった人ね。黒川さん。」

それが、美香の最後の言葉だった。その口調で、沙織には、美香が黒川さんへの興味を大部分失ったということがわかった。少なくとも男性としては。

冬の夕暮れの空気には、そう簡単には探り当てられない匂いがあるような気がする。沙織は、子どもの頃から、その香りに包まれると切ない気持ちになった。

今夜は、街灯の明るさが目に染みる。沙織は、心の重しがとれたように感じて、『一枚の皿』への道を足どり軽く帰っていった。

沙織の出番は、基本的に学校の後、週三回だが、時には週末にも出勤することがある。

日曜日、『一枚の皿』は近所の人たちで混雑するので、ランチからディナーまで続けて営業する。

ランチの後、沙織は、客席の一つを借りてしばらく勉強した。

時計の針が進む。ディナーに備えての開店準備を整え、沙織は、黒川さんがさっとゆでてくれたスパゲティを食べた。ペペロンチーノは、シンプルだけれども、美味しい。ゆでぐあいが難しい料理だが、黒川さんはそのあたりのことを心得ている。

「この間、来た子だけども。」

スパゲティをうまそうにぺろりと食べ終え、口を紙ナプキンで拭いながら黒川さんが沙織に聞いた。

「だいじょうぶだったかい？　あんなヘンな話を聞いて。」

「ヘンな話って、何ですか？」

「いや、その、ぼくが孤独死に凝っていた、という話さ。どう考えても、普通に見れば、頭がおかしいと思われても仕方がないものね。」

「いいえ、美香、別にヘンだとは思っていなかったみたいです。黒川さんのこと、いい人だと言っていました。」

「そうかなあ。君たちは、やさしい人たちだから。そうは言っても、本心はわからないからなあ。」

「いいえ、黒川さんこそやさしい人ですよ。」

黒川さんは、かすかな笑みを浮かべた。そのままテーブルに向かってぼんやりと座り、お客さんが入ってくる前の、すてきな予兆のようなものを楽しんでいるようだった。

「いやあ、ぼくは、そんなにいい人じゃないよ。頭の中では、いろいろなことを考えている。ただ、ぼーっとしていて気が利《き》かないから、いい人に見えるだけじゃないかな。」

「そんな。」

「沙織ちゃんに、前から聞きたかったことがあるんだけどいいかい？」

「どうぞ。」

「最初に店に来た時にも聞いたけど、沙織ちゃんは、裕福な家の娘さんなんだろう。こんな流行らない洋食屋でバイトをしなくても、経済的にはだいじょうぶなんじゃないかい。なんで、バイトしてくれているの？　いや、ぼくの方としてはうれしいんだけどさ。」

沙織の表情に薄雲がかかった。少し間を置き、自分の中で考えをまとめてから、沙織は答えた。

「私、自信がないんです。」

「ん!?」

「私、自信がないんです。小さな頃から、親に何でもやってもらって。塾に行かせてもらって、そこそこいい学校に行って。でも、取り立てて才能もないし。自分の力でやったことなんて、何もないし。」

「いやいや、そんな。」

「本当にそうなんです。だから、ほんの些細《ささい》なことでいいから、自分でやってみたい、と思って。自分でお金を稼いで、そのお金で人のために何かできたら、親切にできたら、少しは大人になった気持ちになるかなあって、そう考えたんです。」

「君は、偉いなあ。」

「いいえ、大したことありません。」

それに……と言いかけて、沙織は口をつぐんだ。

「いや、素敵だよ。ついでだから、もうひとつ聞いていいかい？」

「ええ。」

「ものすごく、個人的なことになっちゃうんだけど、構わない？」

「もちろん。」

「君は、なぜ、武くんとつき合っているの？」

沙織の頬が、熟れた桃のように赤くなった。怒ったのではない。黒川さんがまさかそんなことを聞くとは予期していなかったので、動揺したのである。

「好きだからです。」

「そうか、それはいいねえ。」

「私、大学入っても、自信がなかったんです。ちょっと変わったところもあるし。それで、武が、私のいいところを、見つけてくれたんですね。そんなにたくさん小説や映画のことを知っているって、特別な人だって。武とは、趣味とか、いろいろ正反対なんですけど、かえって新鮮で。」

　これは本当のことだと、沙織は言いながら思った。

「若いっていうのはいいなあ。好きっていう純粋な気持ちがあるからなあ。」

　沙織は一生懸命に見つめたが、黒川さんの表情には心の不純物が見いだせなかった。

「黒川さんは、どこかに行ってしまった奥さんのこと、今でも好きなのですか？」

「好きっていえば、昔はそりゃあ、純粋に好きだったけど、何しろどこかに行っちゃったわけだから、もうわからないよ。」

「黒川さんのことを捨ててしまったこと、うらんでいないのですか？」

「そうだなあ。でも、人の心はコントロールすることができないからねえ。他人はもちろん、自分の心も。」

　黒川さんは、ペペロンチーノの皿に残っていたトウガラシのスライスをつまんで口に運び、幸せそうな表情をした。

「でも、好きという気持ちだけで生きられるその時間を、大切にした方がいいよ。」

　沙織は、黒川さんが、あっさり武と沙織のことを認めたので、緊張感がほぐれた。同時に、どこか物足りなさも感じていた。

脳裏に、武とのことを言った時、黙って立ち上がりコーヒーを淹れに行ってしまった父の後ろ姿がよみがえった。

黒川さんも、そのタイミングで、立ち上がってくれても良かったのに……。

その時、ドアのベルが鳴って、『一枚の皿』の最初のお客さんが入ってきた。

黒川さんはキッチンへと歩いていった。

沙織は、黒川さんの後ろ姿を見ながら、確かに、肩のあたりの印象は、父にちょっと似ているかもしれないと、美香が言ったことを思い出していた。

沙織は、お客さんにメニューとお水、おしぼりを運びながらも、さっき黒川さんの言葉にもの足りなさを感じたその余韻に浸っていた。そして、しばらく前に、「沙織だったら、いくらでも、もっといい人と付き合えるのに」と美香が言っていたことを思い出した。

その日は、お客さんの数もまばらで、二十一時過ぎくらいには大分暇になった。

しばらくやることもなかったので、沙織は、店の隅に立って、ぼんやりと壁の絵を見ていた。

黒川さんは、キッチンで洗いものをしていて、それが終わったのか、手を拭きながら出てきた。沙織が立って壁の絵を見ている姿を認めると、そっと微笑んだ。

「また絵を見ているんだね。」

沙織は、栗鼠《りす》が林の陰でドングリをかじっているところを見つかったような、間の悪い顔をした。

「すみません。ついつい、見ていると楽しくなってしまって。」

「いやあ、ぼくも、そんな風に熱心に見てもらえると、嬉しいよ。ずいぶんと、ヘタクソな絵だけどねえ。」

黒川さんは、沙織の隣に立って、一緒に店内の絵を見た。

「だいぶ、年月が経って、薄汚れてきちゃったなあ。ムリもないよね。うちのやつの親父さんからこの店を任されて、二十年になるんだから。」

「そう言えば、黒川さん、どこで料理の勉強をしたんですか？」

「いやあ、調理師学校に通ったんだよ。生きるためには必死さ。絵も下手、芸術学でも生きていけない。就職活動もせずだったから、この店をやらないかって言われた時、もう他に選択の余地はなかったんだよね。」

沙織には、黒川さんに尋ねたいことがあった。

「あのう、質問をしていいですか？」

「もちろん。」

「ひょっとしたら、随分へんなことと思われるかもしれないけど、やはり気になるので。こうやってここに立って店の中を見ていると、いろいろなことが見えてきて。それで……」

「何だい？」

「ひょっとしたら染みとか、壁の模様かもしれないのですが、動物たちの絵の、薄れたり剝げたりしたところに、白いひげがあるような気がして。」

「白いひげ？」

「ええ。ほら、あそこの、象の背中のところにあるでしょう。それからあそこ、鳥の頭のところが薄くなって消えていて、そこに白いひげがあるし。」

「ああ、なるほどねえ。気になるかい？」

「何だろうと不思議に思うんです。どうやら、動物たちの絵より前に描かれたもののようだし、一体、何が描いてあったんだろうなあと思って。」

「知りたいかい？」

「何となく、落ち着かないんです。謎解きみたいで。白ひげ、私が数えたところでは、三十六本あるんです。でも、本当は、動物たちの身体の後ろなんかに、もっと隠れているんじゃないかって。全部で、何本あるんだろうって。」

「ふうん。よく気づいたねえ。」

「あの、私、お店にいる時、けっこう暇があって。」

そう言ってから、沙織は、しまったという顔をした。

「あっ、ごめんなさい。暇っていうか、時々、お客さんがあまりいらっしゃらないこともあるじゃないですか。そんな時に、白ひげを眺めていると、不思議に心が落ち着いて。」

「白ひげかあ。うまいことを言うもんだなあ。」

黒川さんはなにも気にしていないように、笑いながら言った。

「黒川さん、あれ、何なんですか？　白ひげのように見えるものは。」

黒川さんは、イタズラをしているところを見つかった子どものように、バツの悪そうな顔をした。

「ああ、あの白ひげねえ。実はあれ、ぼくが昔、凝っていたことと関係しているんだよ。」

「えっ、凝っていたことって……。」

「ほら、美香さんが来た時に話したこと。」

「まさか、孤独死のことですか？」

「実はそうなんだ。」

そう言ってから、黒川さんは、黙ってしまった。沙織の心の中では、たくさんの「？」が飛び交っていた。一体、白ひげが孤独死に関係するって、どういうことなんだろう。

沙織の心を、あまりに長く宙ぶらりんのままに置いておくのは悪いと思ったのだろう。黒川さんは、あっさりと真実を語った。

「白ひげと君が言っているものはね、クロスなんだよ。」

「クロス？」

「そう、クロス。キリストのクロスさ。」

「つまり、十字架ということですか？」

沙織は、改めて、店の壁に描かれた動物たちの後ろから浮き出てきている「白いひげ」たちを眺めてみた。

「ああっ。」

沙織は、声を上げた。いままで「白いひげ」だったものが、一つに焦点を結んだのだ。

「そうか、クロスだったんだ。いろいろなところから、線みたいに見えていたもの。」

わかってみれば、もう、クロス以外には見えようがなかった。何箇所か、お互いに「直角」に白いひげが交差しているところもあって、その二つの線は、確かに、見えないところでも交《まじ》わっているように感じられる。

完全に全体が見えるクロスは、一つもない。だからといって、その「気配」のようなものが感じられないわけでもない。

あちらにも、こちらにも。

薄汚れた動物たちの向こうから、クロスの一部分が見えてくる。

沙織の心の中で、『一枚の皿』の壁が、暗闇の中に、たくさんのクロスが輝く、そんな世界に変換されていく。

「黒川さんは、クリスチャンなんですか？」

沙織は、いまさらそんなことを、というようなためらいとともに聞いた。

「いや、そういうことではないんだけどね。」

黒川さんは、そう言いながら、何かを一生懸命思い出しているような表情になった。

「あれは、クロスというだけでなく、どちらかというと、星のようなイメージでもあるんだよね。空の星が光っているところを見ると、一つひとつが十字架みたいに見えるじゃない。星座のサザン・クロスが人気があるのは、心の中の星のイメージに近いからだと思うんだよね。」

お客さんはもう来そうにもないので、黒川さんは、沙織にコーヒーを淹れてくれた。沙織は、黒川さんが、キッチンに立ってミルをくるくると回し、豆が挽《ひ》かれてジージーと音をたてている時間が好きだった。

沙織の家は、最近はカプセル型のコーヒーマシンになってしまったけれども、沙織が小さい頃は、よく父がそのようにミルを回していた記憶がある。

黒川さんと沙織は、それぞれの前に置かれたコーヒーを挟んで、テーブルで向き合った。黒川さんが、マグカップを手のひらで包むような仕草をしたので沙織も真似をした。手の中に春の気配が感じられた。実際の外の季節は真冬だ。

キッチンのライトがちょうど逆光になって、黒川さんのアインシュタイン・ヘアに後光が差しているように見える。

沙織の疑問は、まだ完全には解消されてはいなかった。

「あの十字架たちは、黒川さんが描いたのですか？」

「そうだよ。」

「動物たちを描く前に？」

「そう。このお店に来た、一番最初の頃に、あいつの親父に頼んで、壁に描かせてもらった。」

「じゃあ、その頃は、このお店、十字架だらけだったんですか？」

「そうだよ。店内に、十字架がたくさんあった。もっとも、お客さんたちはそうは思っていなかったかもしれない。星がたくさんあるんだろうと思っていたと思う。だけど、ぼくとしては、十字架がたくさんあるというつもりだった。」

沙織は、店の壁を見回して、そこかしこに、かつて十字架があった風景を想像してみた。

「いつくらいのことですか？」

黒川さんの動きが止まった。ちょっとやっかいなことを思い出そうとすると、黒川さんは、森の中で何かのきっかけで考え込んでしまった栗鼠のように、動かなくなる。

「この店を、ぼくが正式に引き受けたのが、二十年前のことでしょう。でも十字架は、親父が切り盛りしていた頃のことだから、さらにその前だよねえ。うちのと、結婚する前だね。」

「あの、黒川さん、まだ結婚する前の、おつき合いしている娘さんのお父さんがやっているお店に、十字架描いちゃっていたんですか?」

「ああ、そうだよ。何しろ、ナマイキだったからねえ。親父に頼み込んで、エイとやっちゃったんだ。」

沙織は、思わず声を立てて笑った。手の中のコーヒーの温かさが全身に広がって、温泉につかっているような気分になった。

黒川さんは、「白ひげ」をいくつか、愛《いと》おしむように見ると、自分の手元のマグカップに目を落とし、ため息をついた。

「絵のヘタな美大生をやっていた頃、ドイツに旅したんだ。その時、教会で見たんだよね。小さな村に、人知れずたたずんでいる教会だった。壁に人の名前が彫られていてね。それぞれの名前の横に、年号が二つ書いてあった。一つは生まれた年。もう一つはその人が亡くなった年。亡くなった年の方に、クロスが描いてあったんだよね。」

「クロスが?」

「そう、この世から去ったその年に、クロスが描いてあった。それを見た瞬間に、イメージがぱあーっと広がってね。」

「そうなんですか。」

「人によって、それぞれでね。七十年や八十年生きた人もいれば、十年や二十年で亡くなった人もいる。印象的な光景だった。」

「ドイツは、キリスト教の国だから。」

「没年にクロスを描くのは、キリスト教圏すべてで見られる習慣ではないらしいんだ。ひょっとしたら、ルター派だとか、特定の宗派だけにある習慣なのかもしれない。ちゃんと調べたことはないんだけどね。」

沙織は黙って、黒川さんの言葉に耳を傾けている。

「クロスそのものは、確かに、キリスト教の信仰にもとづいている。それとともに、特定の宗教を超えた普遍性があると思ったんだよね。人間は、この地上に星のように生まれて、ほんの少しの時間、周辺をぱっと明るく照らして、それで消えていくんだなって。」

「素敵なイメージですね。」

「いや、そうかな。まてよ、そうかもなあ。しかし、ぼくはそこに、人生の限りない寂しさを感じた。」

沙織は、コーヒーから視線を移して、黒川さんの眼を上目遣いに見た。その瞳の中に、その気になれば、宇宙そのものの広がりを見ることができるような気持ちがした。

「ぼくは、思った。人間の寿命、どれくらい地上にいるかって、実はそんなに重要じゃない。大事なのは、この地上にいたっていう事実だけなんだと。」

「そんな思いを込めて、クロスを描いていたのですか。」

黒川さんが頷く。

「そうなんだ。新聞で孤独死のニュースを読む度に、その故人への追悼の思いを込めて、クロスを描いていた。まあ、一種の自己満足だけどね。」

思いがけなくお客が来たので、二人の会話は途切れた。

二十一時二十五分。ラストオーダーぎりぎりの滑り込みだ。

「オヤジ、オムライスね。それから、ビール！」

「はいっ。」

黒川さんが、キッチンに立つ。沙織は、おしぼりと水の入ったコップを持って客のテーブルに行く。

スプーンとナプキンもセットし終えた。客が、スマートフォンをいじっている間に、沙織は、店の隅に立って、つかの間の「暇」の中で壁をぼんやりと見つめた。

動物たちの向こうから見えてくる風景の中に、たくさんのクロスがある。

クロスは、お互いに離れている。

人とひととの距離は、絶望的に隔たっている。わかるはずなんてない。沙織と武も、そして黒川さんとも、父とも、母とも。

沙織が、武に抱かれてベッドに横たわっている時も、武の魂は、遠い虚空にある。触れることができないくらい、遠くにいる。

身体には、触れることができる。肌は重ねることができる。しかし、魂は決して接続しない。魂が一体になるということは、つまり、自分がなくなること、死ぬ、ということだから。幼い頃、死んだらどうなるんだろうと、よく考えていた。生まれてくる前は、どうなっていたんだろうと、ずっと思い悩んだ。

自分がいない間もずっと、この宇宙は存在していた。空間は広がっていたし、時間も流れていた。宇宙が誕生して以来、百三十七億年という時間の中で、自分という意識が存在していなかったということが、沙織には信じられなかった。

父と母が、もし出会っていなかったら。ほんの少しでも、タイミングがずれていたら。人は、なぜ、生まれてくるのだろう。なぜ、死んでいくのだろう。

答えはわからない。おそらくは、永遠に。誰もが、わからないままに、死んでいく。

「お客さん、お帰りだよ！」

黒川さんの声に、沙織は我に返る。オムライスの客が、帰り支度をしている。沙織は、レジで代金を受け取ると、お釣りを渡して、「ありがとうございました」と頭を下げた。

オムライスの客が帰るのと入れ違いに、武が迎えにきた。沙織は、ふうと一つため息をつくと、コートを着た。黒川さんにあいさつして、店を出る。

外は雨が降っていた。武が傘を差し出してくれたので、濡れなくてすんだ。それに、相合い傘は、特に何かを話さなくてもいいから、沙織は黒川さんと育んだ暗闇を胸の中に収めたままでいられる。

武は、その日に行ってきた就職セミナーの話を、興奮気味に話している。今の沙織には、「圧迫面接」や「業種別就活動向」や、ケイダンレン、ガイシケイの話は、空の星よりも遠く感じられた。

その夜、沙織は、ベッドの上で横たわって、天井の染みを見ていた。

黒くなめらかな水の中で、よく周囲が見通せない。それでも、きめ細やかな感触は、指の間にある。

いつの間にか、沙織は絵を描いていた。

天井が、だいぶ低い気がする。キャンバスに当てる筆は、なんだか硬い。それでも、沙織は描き続ける。

黒川さんがさっきまで座っていた椅子には光が当たって、陰影がくっきりと浮かんでいる。主人公はどこかに消えてしまったが、沙織は、自分の心の中にある黒川さんの髪の毛の質感を再現しようと、熱心に筆を走らせた。

沙織は、いや、難しいのは、髪の毛ではなく、むしろ肌なのだということに気づいた。

黒川さんは、年齢の割にはつやつやとした肌をしている。その滑らかさをなんとか表現しようと、沙織は試みていた。

この色かしら。

いや、違う。

それとも。

つややかさって、どうやって筆で表現するのかしら。そもそも、そんな絵の具なんてないし。

なんとかしようと、筆を往復させていると、黒い色が見えてきた。肌の中に、どんどん、暗い領域が広がっていく。

沙織は気づいた。色を塗り重ねているつもりが、どうやら、逆に剝がしてしまっていたらしい。

ダメだ、元に戻さなくちゃ。

焦って、肌の色を重ねるつもりが、ますます剝がれていってしまう。

沙織は、急いで筆を持つ腕を動かした。黒川さんの顔が、どんどん暗くなっていく。そればかりではない。奇怪な形相に変わっていく。

あんなに温和な表情が、目がとんがり、口がかっと開いて、中から、火のように赤い舌が見えてくる。

一番恐ろしいのは、そんな化物こそが、本当の黒川さんなのだと、沙織が心のどこかでわかっていることだ。

こんなはずじゃないと思っているうちに、涙がこぼれ始める。止めなくっちゃ。それでも、筆を往復させる手は止まらない。頬を伝う涙さえ、その上で手をぶるぶると振ると、かき消せるような気がしてしまう。

目が覚めると、沙織は本当に泣いていた。天井に向かって伸ばしていた腕を、あわてて下ろす。

ベッドサイドのランプが点いたままになっている。子どもの頃から見慣れた天井は、元の高さになっている。

隣には武はいない。そのことに心からホッとする。そう、家で眠っていたのだ。

また、父のことを思い出す。

開店して三十分。外はもうすっかり暗い。そして、『一枚の皿』には、お客がいない。

「今日はきっと暇だな、ちょっと散歩しちゃおうか。」

黒川さんが、いたずらっぽく言うと、沙織は、自分の身体の芯がほんの少しふんわりと浮いたような気がした。

雨が降っている日の散歩は、傘を差している周囲だけが、ぽっかりと明るく照らされているような不思議な感覚がある。特に、こんな冬の日はそうだ。

お店のドアに、「CLOSED」と書かれたプレートを掛けると、黒川さんは河原の方に向かう道を、先に立って歩いていく。自信が無さそうでいて、その癖、歩むべき方向ははっきりと定まっている。

「この前の絵のことなのですが。」

沙織が少しためらいがちに、話を切り出した。黒川さんのことを絵に描いた気分が少し残っている。

「少し、推理ゲームをしてもいいですか？」

「ああ、いいよ。推理ゲーム。なんだろう？」

「黒川さんが描いていたのって、クロスだけですか？」

「えっ⁉」

沙織はあくまでも軽い調子で言ったのだが、対する黒川さんの反応は思いの外強かった。

「どういうこと？」

「いえ、あの後、考えたんですけど、黒川さんがおっしゃるように、孤独死にインスパイアされていたとしたら、クロスだけを描いていたはずがないなあ、と思って。」

「どうして、そんなことを思うの？」

「人間って、クロスだけじゃあ、救われないなあって、そんな風に思って……。それに、アーティストって、クロスをたくさん描くだけじゃ、満足できないような気がして。」

「ふうん、そう思うのか。」

「だから、私、何か他にもっと描いているんじゃないかって、あれから一生懸命、動物たちの背後を見るようになったんです。どこかはがれていて、下の絵が見えるようになっていないかって。」

なぜか、黒川さんの態度が、落ち着かないものになった。しかし、怒っているような様子はなかった。

「沙織ちゃん、人生には、想像もできないようなことがあるんだよ。」

黒川さんは、そう言うと、押し黙って歩いた。

黒川さんの言う「想像もできないようなこと」が何なのか、沙織にはわからなかった。また、知りたくもないような気がした。知ることで、黒川さんの恐ろしい秘密に近づいてしまうような予感がした。大好きな黒川さんのことを嫌いになってしまうような雰囲気があった。

沙織は、しばらく、黒川さんの横を黙って歩いた。傘を打つ雨の音が、より強く感じられた。黒川さんが、河原に落ちていた石を蹴った。その軌跡を見た時に、黒川さんの言う「想像もできないこと」は、当分の間、追及しないでおこうと思った。

二人の間に流れた不調和の気配は、しかし、川から離れて、街並みの中を再び歩いていくうちに、次第に薄れていった。

やがて雨が止《や》んだので、二人は傘を閉じた。空とつながって、沙織は、ちょっと背伸びをした打ち明け話を、黒川さんに対してしたい気持ちになった。

「黒川さん、私ね。」

沙織は、黒川さんを見ずに話した。

「私、黒川さんよりも、ずっと若いでしょ。」

「うん。」

「それでね……」

ちょうどその時、向こうから走ってくる車のヘッドライトが、二人を照らした。車は水を跳ね上げながら、かなりの勢いで走ってくる。

沙織は言葉を一時とめて、道の脇に避けた。黒川さんが、さっと沙織と車の間に入った。

バシャッ！

黒川さんのズボンが、びしょ濡れになった。

「まったく、水も滴《したた》る……ダメな男だなあ。」

黒川さんは笑った。つられて沙織も笑う。二人は再び歩き始めた。

「それで……やっぱり、私、いつかは死んでしまう、ということがイヤなんです。」

「そうか、死ぬのは、誰でもイヤだからなあ。」

「でも、漱石は、死は生よりも楽だ、死は人間として達し得る最上至高の状態、死は生よりも尊《たっ》とい、と『硝子戸《ガラスど》の中《うち》』で書いているじゃないですか。」

「へえ、そう。漱石がそんなことを書いている？　昔読んだけれど、もう忘れちゃったなあ。」

「私、それで、黒川さんに聞きたいんですけど、黒川さんくらいの年になると、漱石が言うように、死は生よりも楽だ、って思えるようになるのですか？」

「ん〜。そうだなあ。難しいところだなあ。誰でも、死ぬのはイヤなんじゃないかなあ。それに、ぼくは、そんなに年でもないよ。君の……」

また車が来た。今度はそれほどスピードを出してはいないが、道の傍らに避けなければならない。

沙織が先に下水の蓋の上に立つと、黒川さんが律儀に、また沙織と車の間に入った。

バシャッ！

今度は、うまい具合に避けたので、黒川さんのズボンは濡れない。

沙織と黒川さんは、再び歩き始めた。

黒川さんが言葉を継ぐ。

「君の、恋人にだってなれるくらいには若いさ。」

沙織のまわりの空気がふわっと揺らいで、その向こうから夕日のようなオレンジ色の光が一瞬見えた。

しかし、沙織の心の中で反応が広がるにつれて、そのオレンジ色は、やわらかな灰色の中に、すぐに沈んでしまう。

それから、沙織と黒川さんは、薄暗い道を、一緒に歩いた。

一言も話さなくても、温かさに包まれていた。黒川さんは、沙織の左側を歩いていた。沙織は、黒川さんがひょっとしたら手をつないでくるのではないかと思って、半ば身構え、期待していたが、そんなことは起こらなかった。

二人の会話は、ふたたび、しんみりとした調子になっていった。そして、話題はいつしか、二人の関係そのものを離れて観念的な色彩を帯びていった。

「そもそも、時間て不思議でね。」

黒川さんが、ぽつり、ぽつりと話し始める。

「今日は、明日になれば昨日になるだろう。明日は、もうすぐ、今日になる。時間ってそういうもんなんだよね。だから、明日と、今日と、昨日は、誰にとっても、明日と、今日と、昨日なんだよね。」

沙織は、わかったような、わからないような、そんな顔をしている。

「だからさ、年齢なんて関係ないってことさ。」

黒川さんは、それだけ言うと、『一枚の皿』の方向へと歩き始めた。

魔法は、ゆっくりと、カプセルの中に封じ込められようとしている。あくまでも、一時的にだけ、眠ろうとしている。沙織は、そう信じたかった。オレンジの残光はまだ心に焼き付いている。

店に帰ると、ドアの前に武がふくれっ面で立っていた。

沙織の顔を見た瞬間、蜂がぷすりと刺すような、怒気を含んだ口調で言った。

「今日、お店、休みだったの？」

それから、黒川さんに向かって、少しはあらたまった、しかしその実は怒りが陰にこもった声できいた。

「だいじょうぶなんですか。お店、こんな風に閉めて。雨の日に、ふらふらしちゃって。」

黒川さんは、屈託のない顔で笑った。

「ああ、だいじょうぶなんだよ。こういう雨の日は、お客さん、九十パーセントの確率で来ないから。」

武はまだ何かを言いたそうだったが、諦めたように黙った。

さっき黒川さんと道の暗闇の中で起こったことは、武には言えないし、言う必要もないと沙織は考えている。もともと、沙織と武は、星と星のように、絶望的なほど隔たっているのだ。もっとも、沙織の心という宇宙に蓄積された暗黒物質に、武は全く気づいていない。

「沙織、帰ろう！」

武が、沈黙の余韻を引き裂いた。

「いいでしょ、黒川さん。どうせ、今日、お客さんが来ないんだったら、沙織が帰ってもいいでしょう。」

「ああ、もちろん。」

「沙織、今日は、何かおいしいものでも食べようぜ！」

『一枚の皿』を出ながら、武は沙織の肩を抱いてくる。黒川さんは、キッチンに入って何か仕事をしながら「気をつけてね」と一声かけた。その声の調子で、黒川さんが店を出ていく二人の姿を見てはいないことに、沙織は気づいていた。

その夜、沙織は、武の腕に抱かれながら、黒川さんと川への往還の間に話したことを思い出していた。それから、時間というものの不思議さを考えた。

武といると、ありとあらゆる不思議さからどんどん遠ざかっていく。

黒川さんといると、ありとあらゆる不思議さに引きこまれていく。

どちらがいいのか、悪いのか、沙織にはわからない。そもそも、生きていく中で、不思議さは、どれくらい必要なのだろう。不思議さを呼吸しなくても、生きていけるのだろうか。

そもそも、自分は生きていけるのだろうか。

どこか遠いところで、時計が鳴っている。

もうそろそろ、帰り支度をしなくてはいけない。

家に帰っても、孤独なのかもしれないけれども。

次のバイトの日は、たまたま忙しかった。

黒川さんは、黙って、フライパンを振るい続けた。お客さんがひっきりなしにくる。沙織も、テーブルを拭いたり、料理を運んだり、無心で働き続けた。

ようやく一段落したのは、二十二時近くのことだった。

黒川さんは、電池切れになった仕掛け人形のように、キッチンで動かなかった。沙織には、ずいぶん、黒川さんと話したいことがたまっているような気がした。

黒川さんが、キッチンの中から声をかけてくる。

「沙織ちゃん、君は、友だちは多い方かい？」

「普通だと思います。」

沙織は、ゆっくりと答えた。

「普通、世間では、友だちが多い方がいい、って思われているじゃない。」

その声のトーンに沙織はなぜかはっとして、黒川さんの方を見た。

「でもさ、ぼくはさ、ある時、孤独な人ほど、その生命は輝いているような気がしたんだよね。その人の命だけ、ぽっと明るいというか。孤独という暗闇に包まれているわけでしょ。人気者で、友だちに恵まれていて、いつも周囲にわいわい人がいるよりも、むしろ、一人きりの人ほど、明るい感じがするんだよね。その人の命自体が。周囲の暗闇との関係でさ。」

沙織は、黙って聞いている。

「ぼくには、友だちがいない。美大の頃のやつらとも、全く連絡をとっていない。妻も、出ていっちゃったまま、音信不通さ。この店で、毎晩フライパンを振るっている。それだけの人生になってしまった。まったく、一人っきりさ。見回しても、暗闇しか広がっていない。アーティストの夢も、とっくの昔に諦めちゃったしね。」

それから、黒川さんは、しんみりとした口調で言った。

「いつか、ぼくが、もし、孤独死したら。」

黒川さんは、キッチンの中で天を見上げていた。

「どこでもいいから、君の大切な場所に、クロスを一つ描いてくれるかい？　ほんの、小さなものでいいから。」

沙織の心の中で、カーテンが揺れ、オレンジ色の光が見える。「ええ」と言う前に、黒川さんが笑った。

「なんてね。だいじょうぶ、まだ死なないさ。」

ちょうどその時、武が迎えに来たので、その日の対話はそこまでになってしまった。


あれやこれやを考えて、沙織は、なんだか落ち着かなくなってきた。自分の青春の日々がこのように過ぎていってしまうことが、少しこわくなってきた。

自分の人生には時間が無限にあると思っていたのが、実は、もはや取り返しがつかないことのような気がしてきた。慎重に選択をしなければ、とんでもないところに流されていってしまう。そんな予感がした。

安定しているように見えるものも、いつしか、簡単に壊れてしまうのではないか。自分が歩く人生という地面のすぐ横に、底知れない深淵《しんえん》が広がっているような、畏怖《いふ》に近い不安に包まれていた。

そんな心のもやもやを、次に『一枚の皿』に行って、開店準備をしている時に黒川さんに打ち明けた。

「だいじょうぶだよ。」

黒川さんは請け合った。

「君は、まだまだ輝くように若いじゃないか。君が年老いるなんて、そんなことは考えられない。」

「でも……」

沙織は、黒川さんの言葉に、納得することができなかった。

「黒川さんだって、昔は、輝くように若かったんでしょう。」

黒川さんは、厨房で、ハンバーグのパテをこねながら首をひねった。

「さて。ぼくが、君みたいに輝くように若かった、ということがあったかなあ。」

黒川さんは、よほど真剣に考えているらしく、パテをこねる手が止まってしまっている。

そのまま、黒川さんは一切の動作をしなかった。沙織は、いつか、その先の答えが得られるものとばかり思ってそれを待っていたが、一向に言葉は生まれてこない。やがて、黒川さんはほっと一つため息をつくと、再びパテをこねくり回し始めた。

「あの頃、ぼくは、ナイーヴだったんだよ。」

しばらく経って、黒川さんは突然そう言った。話しながら、手は忙しく動き続けている。

「情けないよなあ。孤独に亡くなった人のために、十字の星を描いていったら、それが、いつかは凄い芸術表現になるんじゃないかって、心のどこかで思っていたんだよね。アートの店として評判になって、美術雑誌が取材にくるんじゃないか、くらいに思っていたんだよ。動機が不純だよなあ。それに詰めが甘い。そんなことだから、こんな場末で、洋食屋をやっているんだよなあ。妻にも逃げられてね。」

沙織は、適当な勇気づけるような相槌を打とうとしたけれども、黒川さんの話の続きがまだあるような気がして、そのまま黙って待っていた。

「ペンチメント、って言うんだよね。」

沙織は、黒川さんが言った単語が、よく音として拾えなくて、思わず聞き直してしまった。

「ペンチメント。塗り直しのことだよ。イタリア語で、もともとは、〝後悔〟という意味を持っているらしい。一度描いて、あっ、これは、ダメだと思って、塗り直すことが画家にはあって、それがペンチメントさ。」

「そういう言葉があるんですね。今まで、知りませんでした。」

「そう。最近は、X線を使ったり、いろいろな方法で、塗り直す前の下絵のようなものが随分見つかるようになってきたらしい。昔から、画家はペンチメントを繰り返してきた。有名な人も、無名な人もね。」

「ペンチメント……」

「なんかさ、仕上がった絵を見て、ああ、これはダメだって後悔するんだよね。こんなんじゃダメだ、もっとうまく描けたはずだ、モティーフの選択が悪いって。それで、上から塗り直すわけさ。前の絵が、完全に消えるくらいにね。でもね、塗り直して、描き直しても、結局、前と同じくらい、下手なんだよなあ。ぼくは進歩がないんだよ。人生って、そんなもんだよ。」

聞いているうちに、沙織の胸は苦しくなってきた。

「いやあ、そんな。」

沙織の抗議の声は、弱々しかった。指の先が泥に塗《まみ》れていくような絶望感があった。

「実際、そうなんだよ。」

沙織には、黒川さんの言っている「塗り直し」が、まるで自分の人生のことのように感じられていた。泥の中に、指を走らせながら、どこからか漏れてきているはずのオレンジ色の光を、必死になって探す。

「それにさ、塗り直しても、結局、時間が経つと、下から絵が出て来ちゃうんだよね。上の絵が剝がれて、薄れてさ。バレちゃうんだ。甘い、うかつな、過去の自分が。」

パテはできた。その続きの作業をしながら、黒川さんはしばらく黙っていたので、沙織も、テーブルを拭いたり、ナイフやフォーク、スプーンを整えたりといった作業にしばらく没入した。

黒川さんがまたしゃべり始めた。

「ヘタクソと言えば、アンリ・ルソーという画家を知っているかい？」

「ええ、もちろん。私、好きです。ジャングルの絵とか。へびつかいの女とか。あっ、黒川さんの絵、ルソーにちょっと似ているかもしれませんね。」

黒川さんが、頭の毛をくるくると指でいじった。

「そう思うかい？」

黒川さんは、それだけ言うと、天井を見上げて、はあと、一つため息をついた。

「これでもね、学生の頃は、友人から、アンリ・ルソーの再来と言われたことがあったんだ。いわゆる、素朴派、っていうやつ？　だけどねえ……」

黒川さんは、しばらく黙り込んでから、言葉を続けた。

「だけどねえ、やっぱり、ダメだったなあ。ぼくみたいに、才能がないやつは、結局、場末の洋食屋やるくらいが関の山さあ。あっ、でも、沙織ちゃんがこうしてバイトで来てくれるんだから、人生としては、良い方だと思わなくちゃいけないかな。友だちは、いないけどね。」

黒川さんは、自分を慰めるように笑った。

「そうさあ、大成功だよう。沙織ちゃんみたいなかわいい子が、バイトで、来てくれるんだからねえ。」

それから、黒川さんは、なぜ奥さんに逃げられてしまったのか、という話をした。信用していた友人が、裏で奥さんと通じていて、いつの間にかそういうことになってしまったのだという。

「うかつなんだよね。全然、疑いもしていなかった。店の金も、いくらか持っていかれちゃったし。ぼくみたいに、ぼんやり生きているだけじゃ、本当にダメだあ。」

黒川さんは、自分が人生をしくじった、核心の部分について話した。沙織にも、黒川さんが途轍《とてつ》もなくうかつである、ということはわかった。大人で、そんなに無防備な人がいるとは、にわかには信じられないくらいナイーヴだった。しかも、肝心なところで、センチメンタルで、甘いのだ。沙織は、黒川さんの愚《おろ》かさに腹が立った。しかし、沙織の口からは、あくまでもやさしい言葉が漏れる。

「へんなことを言うようだけどさ。」

黒川さんは、水道の蛇口をひねって、勢い良く水を出した。

「ぼくのことを裏切って妻と逃げた友人は、武くんにちょっと印象が似ているんだよね。」

その日、迎えに来た武と一緒に帰りながら、沙織は黒川さんの話をした。

武は半ばあきれたような、半ば感心したような声で言った。

「本当にそんな理由で、人生失敗しちゃったのかなあ、黒川さん。」

「そうなんだって。ナイーヴな善意は、複雑な悪意よりもよほど厄介な罪なんだって黒川さん言ってた。」

もっとも、沙織は、武に、肝心なことを言っていない。黒川さんの奥さんと逃げてしまった友人が、武に似ている、ということは伝えていない。

「どうなんだろうね、黒川さん。」

今晩は、武は、黒川さんに対して少し余裕の気持ちがあるようだった。

「あんな、ヘンな絵を、店中に描いちゃったりしてさ、あの店を流行らせるとしたら、経営的な視点から言えば、もっと他にやりようがあるじゃん！」

「そうかしら。」

「世間は競争だよ。洋食屋の経営だって、イノベーションが必要なの。まずはさ、壁を塗り替えて、あのヘンな動物たちを消さなくっちゃ。雰囲気を、高級にすること。そうすれば、客単価も上がるし。」

沙織は、つり革につかまって電車の外の景色を見る武の横顔を、まるでその造形に生まれて初めて接するような、新鮮な印象のもとに眺めた。

「それにしても、黒川さんの話。本当に、そんなことで、人生失敗するかな？」

「どうして？」

「本当は、もっと何か、やばいことを隠しているんじゃない？」

「そんなことはないと思うけど。」

「だいたいさ、あの親父、おかしいよ。」

「そうかしら。」

「うん、それに……、沙織の方に、少しずつにじり寄ってくる感じでさ。」

沙織は、またかと思ったが、今晩は、武に対して怒ったり、反論したりする気力がない。むしろ、いつか見た、黒川さんのことを描く夢の記憶がよみがえってくる。

どんな人だって、人生を取り繕おうとするのだろうけど、やがて剝がれて、本当の自分が出てきてしまうものなのだろう。

武は、まだ沙織に言いたいことがありそうだった。

「あんなに沙織にいろいろ言ってくるなんて、思わなかったもんな。」

「別に、何も言ってきてないわよ！」

「わかった、わかった。ごめんね。ぼくは、沙織のことが、本当に好きだよ。」

武は、黒川さんに対して余裕を持った気持ちでいる。しかし、沙織が、そんな武に対してうまく調和できない。そもそも、今は自分の身体がこの地上にいる気がしない。

あっ、そうだ。沙織は突然気づいた。

父に、武のことを打ち明けた時、黙って立ち上がりコーヒーを淹れに行ってしまった父の後ろ姿に寂しさを感じたのは、ほんとうは、父と母の出会いのことを、話して欲しかったからだ。

沙織は、つり革を持ったそのままの姿勢で、電車の外の暗闇に映る自分の顔を見つめていた。

沙織は、授業を受けていても、キャンパスを歩いていても、悩んだり、ぼんやりしている時間がますます長くなった。心の中にもやもやがあって、それを、誰にも言う気になれなかった。

それで、何とはなしに、人と話がしたくなった。それも、オモイノタケの石田教授と。オモイノタケのオフィスアワーは、毎週水曜の十六時から十七時ということで、沙織は、そこを目指して出かけていった。オモイノタケは、沙織の直接のアドヴァイザーというわけではないけれども、飛び込みで行っても相手にしてくれそうだった。

沙織はオモイノタケのことを買っていたし、尊敬する学生たちも多かった。一方、どちらかといえば、オモイノタケは、地味な存在であり、単位を取れる安全牌の授業の教授としてだけ認識している学生も少なくなかったのである。

案の定、オモイノタケは教授室で暇そうにしていた。手元には、「先史時代の美術」というタイトルの英語の分厚い本があり、その頁を所在なさげにめくっていたところだった。教授たちには、オフィスアワーには律儀に研究室に詰めていることが求められていた。しかし、一部の人気教授を除いては、今日のオモイノタケのように、オフィスアワーの実態は、待機していることだったのだ。

オモイノタケは、沙織を、授業に熱心に出席している学生の一人として認識していた。幸いなことに、時折隣にスマートフォンをいじっている男子学生が座っていることには、気づいていないようだった。

沙織は、具体的な理由があって来たわけではないので、オモイノタケと向き合うと、言葉に詰まってしまった。それで、オモイノタケが親切に助け舟を出して、勉強はどうか、生活全般はどうかと聞いてくれた。その話の流れで、沙織は、『一枚の皿』でのアルバイトの話をした。そして、店の主人の黒川さんが変わっていると打ち明けた。

「今、店の中には動物がいろいろ描いてあるのですが、その前は、十字架がたくさん描いてあったのです。星のように光る十字架が。そのように一度描いた絵を塗り直して、描き直すことを、ペンチメントって言うと、黒川さんがおっしゃって。イタリア語で〝後悔〟という意味だそうですが。」

オモイノタケは、沙織の話を、興味深そうに聞いていた。

「ペンチメントか。面白いなあ。」

オモイノタケの反応は、いかにも学者らしかった。

「私のように、先史時代以来の絵画を研究していると、この世界自体が、一つの絵のように思えてくるんですよ。時間とともに世界が変化していくでしょ。完全ではないんでしょうね。それで後悔する。思いの丈を込めて、次の世界をつくる。それでも完全ではないから、さらに後悔する。そうやって、歴史は進んでいくのかもしれないなあ。」

「この世が絵だとすると、そのペンチメントで、万物は進化する、というわけでしょうか？宇宙も、生物も、人類も。」

オモイノタケは、沙織のことを、面白い学生だと思い始めたようだった。

「そうですねえ。私のように、何千年という時間で人類を見ていると、果たして進化しているのかどうか、怪しいなあと思えるんですよね。変化はしているけれども、果たして、進化しているのかどうか。神さまも、この宇宙を、これではダメだと、時々刻々塗り直しているのかもしれないけれども、結局、前と同じ宇宙だもんね。」

沙織は頷きながら、思わずオモイノタケの腕に一瞬触れた。

「黒川さんも、結局、何度塗り直しても、同じ人が描くと、結局同じような絵になっちゃうんだよなあ、と言っていました。その人なりの調子が出てきてしまう。絵描きが交代しなければ、本当に違う絵なんて描けないのだと。だから、先生のおっしゃること、面白いです。

この世界を描く神さまが交代しなければ、この世界が本当に変わるということはないのでしょうか。」

オモイノタケは、沙織の話を聞いて、ニヤニヤ笑っている。

「そうかもしれないね。」

オモイノタケの口が、ぎゅっと曲がった。

「しかしね、神さまとか、世界とか言う前に、まずは一人ひとりの人間だなあ。ひとりの人間をなんとかしなくちゃ。いや、なんとかできるものなのか。」

オモイノタケは、研究室の天井を見上げて、一つ深く大きなため息をついた。

沙織が沈黙を測っていると、オモイノタケは続けてつぶやいた。

「起こることは起こる。仕方がない。」

それから、沙織は、オモイノタケの学生時代の失恋話を聞かされた。それは、今のオモイノタケからは想像もできないほど、熱く心を揺さぶられ、そしてちょっと間が抜けた話だった。

沙織がオモイノタケの研究室を出た時、あたりはすっかり暗くなっていた。「ありがとうございました」と一礼すると、オモイノタケは机に視線を落としたまま片手を上げた。スタンドの明かりが、オモイノタケの眼鏡に映って、星座のように見えた。

黒川さんのお店でのバイト代が出たので、沙織は、武に「何かおごるね」と言った。

武は「そんなことしなくていいよ」と答えながら、その実、嬉しそうだった。

沙織がネットで見つけたイタリアン。レビューを読むと、店の雰囲気が良いと書かれていたし、値段も、コースで頼んでグラスワインを二杯ずつくらい飲んでも大丈夫なくらい、手頃な感じだった。

二人は、壁際の話しやすい席に案内された。沙織は、自分と武のためにスプマンテをグラスで頼んだ。

「かんぱ〜い！」

グラスとグラスが当たった。

オードブルのイカのマリネ。沙織は、父がイカのフライが好きで、母と沙織をレストランに連れていった時に、「ヨーロッパではカラマリって言うんだ。案外、日本語が起源かもね。特に足のあたりは」などと、慣れない軽口を叩いていたことを思い出した。

武は、しきりと黒川さんのことを聞いてくる。黒川さんはどうしているとか、最近は、店が暇な時にどこかに散歩に行ったりしないかとか、そんなことをしつこく尋ねてくる。

「ねえ、まさか、まだ黒川さんに嫉妬しているの⁉」

沙織は、テーブルクロスの端を指先でいじりながら聞いた。

「まさか、そんなことないわよね？」

武は、「ううん」と返したが、その翳《かげ》った表情は言葉を裏切っていた。

「だって、黒川さん、あんな人よ。そんな気の利いたことあるわけないじゃない！」

そもそも、武が、黒川さんになぜ嫉妬するのかわからなかった。いい人だとは思っているけれども、沙織の黒川さんに対する気持ちは、恋ではなかった。そうであるはずがなかった。少なくとも、沙織が黒川さんにそのような気持ちを抱いているということを疑わせるような素振りは、微塵《みじん》もないはずだった。

「そりゃあ、黒川さんは、武より長く生きているから、いろいろなことを知っているわよ。だけど、だからと言って、私は黒川さんを好きになんてならないわ。」

「そうかなあ。男と女の関係はどうなるかわからないだろう。」

「何を言っているの。私と黒川さんは、人生の時間軸が、違うのよ。並列して走ってはいても、決して、交差なんかしない。」

「そうかなあ。」

「そうよ、二つの星のように、私と黒川さんは離れている。」

沙織は、自分自身を納得させるためにも、武の手をにぎり、指を軽く絡ませた。

「わかったよ。ごめんね。」

武は素直に謝った。

「ううん、私こそ、ごめん。」

生意気なようで、こんなかわいいところもある。つまりは、まだ、大人になりきれていないのだ。だけど、そんな武だからこそ、一緒に人生を見ていきたい。沙織は、この瞬間、心の底からそう願っていた。

沙織と武は、それから、出会ったばかりの恋人のように、しばらく語り合った。将来の夢までを共有した。どこに住もうとか、どんな家庭を築こうとか。

メインディッシュが来る頃になって、沙織と武のテーブルから少し離れたところに、団体客が入ってきた。落ち着いた雰囲気のこのレストランには、そぐわない感じだった。

なぜ違和感を覚えたのか、その理由はやがて明らかになった。その人たちは、日本の近隣の国から来た、観光客だったのだ。

「インバウンドの人たちが、こんな店にまで来るようになったのか。」

武が不機嫌そうに言った。

メインの肉を食べている間、武は、大きな声でしゃべる外国人の方を、ちらり、ちらりと見た。その間隔が、次第に短くなってきた。

沙織は、最近見た映画のことを武に話していた。好きな映画の話をするのは、沙織にとって、とても大切なことだった。沙織は、どちらかと言えば芸術系の映画の方が好きだった。それは、父の影響だったかもしれない。沙織は、武に、最近見たヨーロッパ映画の話を一生懸命にした。武は興味がありそうな顔を装って聞きながら、時折、横に鋭い視線を走らせている。

武が、「ちっ」と舌打ちしたので、沙織ははっとした。武の顔を見ると、イライラしたときに特有の表情が表れている。目の端が尖って、瞳が左右にきょろきょろ動いている。

沙織は、一瞬、これまでもデートの時にしばしばそうなっていたように、武が、自分の話で苛立ったのかと思った。特に、沙織には興味があるけれども、武には理解できないような話題が続くと、武は露骨にイヤな顔をすることがあった。思わず「ごめん」と言いかけた。

しかし、武は、沙織の方には全く目を向けずに、他所《よそ》のテーブルにばかり注意を払っていた。

「全くなあ。」

武は、苛立たしそうに言った。「マナーが守れないならばさ、こんな店に来なければいいんだよ。」

沙織は、武がレストランに入ってきた「客人」たちのことを話しているのだということに気づいた。

そのテーブルをあらためて見た。八人がテーブルに座って、楽しそうに食事をしながら、話している。確かに、声が大きい。言葉の意味はわからない。

「後から入ってきて、前からいる客のことも考えずに、雰囲気壊しやがって。」

武の言っている日本語が、彼らにわかるとは思えない。こういう時の武は、迷惑になるほどの大きな声でもなく、かといってつぶやきでもなく、要するに中途半端な声量でしゃべるのだった。明らかに、「彼ら」ではなく、周囲の客や、特に店員にわざとらしく聞かせようと、そんな意図が感じられた。

武には、以前からそんなところがあった。電車の中や、街角で、自分が気に食わない人や、気に障るふるまいに出くわすと、直接はっきりと抗議するのではなく、ひとりごとのような、その実相手に聞かせるために言っているような、ふしぎな話し方をした。

沙織は、武がイライラしている間は、決して口を挟まなかった。言ってもムダだとわかっていたからだ。気分が次第に収まってきてから初めて、沙織はやんわりと、穏やかに抗議した。

「あんな言い方をしなくてもいいのに。」

たいていの場合、武は沙織にたしなめられると、好物をもらった猫のように、怒りを収めていくのだった。

しかし、今日は違っていた。何しろ、イライラの相手は、同じレストランにいる。しかも、後から入ってきた彼らに、当分、席を立つ気配はない。武と沙織のメインのお皿がきれいに食べられたのを見た店員さんが、デザートのメニューを持ってきたが、それすら上の空で受け取るほど、武は苛立ちを募らせていた。受け取ったデザートのメニューをテーブルの上に置き、その存在をすっかり忘れてしまっている。

沙織は、店員さんにそっと合図して、自分と武の分、二人分のティラミスと、エスプレッソを頼んだ。早く店を出てしまおう、そう思ったのだ。

折しも、彼らのテーブルから、どっと笑い声が起こった。武は、右手に持っていた水の入ったコップを、わざとらしくバン！　とテーブルの上に置いた。その音が、沙織の耳を切り裂くような気がした。

沙織の視野の中で、武の周囲だけが暗くなっていく。

彼らが座っているテーブルだけが、明るく照らしだされ、楽しそうに談笑している。胸にブーケをつけた若い女が、ハンドバッグの中に、紙に印刷された日本語のメニューをしまった。記念に持って帰るのだろう。女の口元には、うれしそうな笑みが浮かんでいた。

「あの、すみません！」

武が声を出した。その気配で、店の人に抗議しようとしているのだと、沙織にはわかった。

沙織は、テーブルを立った。

胸の奥が、ぎゅっと辛かった。神経が、直接ひりひりと擦り付けられるようで、その場にいることにもう耐えられなかった。

デザートやコーヒーはまだ来ていないけれども、支払いをすることはできる。そうすることで、この苦痛を終わらせてしまおう。

レジを通って、外に出ると、ひんやりとした空気に包まれた。身体は冷えたが、魂は徐々に温かさを取り戻した。

十ゆっくり数えるくらいの間待ってみたが、武は、後を追ってこなかった。

その夜、沙織のところに、何度も武から着信があった。LINEのメッセージもたくさんきたが、沙織は、わざと既読にする操作だけをして、読みもせず、返事もしなかった。

翌朝、沙織がスマートフォンを見ると、武からのLINEのメッセージには、最初に「ごめんなさい」と書いてあって、それから「アイム・ソーリー」とあり、さらにはたくさんのスタンプが押してあった。最後に、しょんぼりとして泣いている犬のスタンプがあった。次は、トボトボ歩いているペンギンだった。沙織は、スマホをベッドの上に投げ出すと、風呂場に行った。そして、記憶を洗い流すように、たんねんに髪の毛を洗った。水滴が肌の上で珠《たま》になって流れていくのを視野の端でとらえ、ふしぎな臨場感を持って記憶した。

家を出て、最寄り駅に向かった。電車に乗っているとき、スマートフォンが何度か着信で震えたが、無視した。

キャンパスへの道を歩きながら、沙織は、寒くて暗い場所にひとりでいるような気がした。武とつき合っている、いや、つき合って来たということについて、心の奥底からこみ上げてくるような違和感があった。ほろ苦い身体感覚が伴っていた。

ひょっとしたら、私には、人を見る目がなかったのかもしれない。武のことを告げた時、黙って席を立ち、コーヒーを淹れていた父の姿が心の中で甦った。

武からLINEのメッセージが来た。

「ねえ、今度、アルバイト代が入ったら、どこに行こうか?」

沙織は、スマートフォンの画面を机の上に伏せた。

以前からの、武のやり方だ。喧嘩をした後などに、まるで何事もなかったかのように、こうやってメッセージを送ってくる。仕方がなく沙織がつき合っていると、いつの間にか、仲たがいしたことが、曖昧《あいまい》に消されてしまうのである。

そういうの、もういいのかもしれない。

LINEへの返事は、しないでおこう。少なくとも、当分は。

注意を向けない世界は、存在しないのと同じだ。少なくとも、その色合いの鮮やかさは薄れていく。沙織の視界の中から、徐々に上描きされてぼやけ、消えていくものがある。


いくつかの科目が試験期間に入った。やっかいなレポートも終わらせなければならなかった。目が覚めた瞬間に気分を重くする心配事もあった。沙織は試験の準備をしなければならないという理由で、黒川さんのアルバイトを休ませてもらっていた。沙織が武に会わなくなったのと、黒川さんに会わなくなったのは、同じタイミングでの出来事だった。

武と会わなくなったその時期に、黒川さんに会うのはまずいと思ったわけではない。ただ、『一枚の皿』に行くだけの心の余裕がなかったのだ。

二週間くらい経ったある日、黒川さんから連絡があった。

黒川さんは、LINEは使っていない。携帯も持っていない。店の固定電話から、沙織のスマホへの電話だった。

「もうそろそろ、試験は終わりましたか？」

黒川さんの懐かしい声が聞こえた。

「あっ、ごめんなさい。そろそろ、ご連絡を差し上げようと思っていたんです。」

沙織は、黒川さんに謝った。

「だいじょうぶだったら、ちょっと来てみませんか？」

「では、今度の日曜に、お店に行きます！　本当にごめんなさい。」

電話を切った沙織の胸には、もうすでに明るい虹のような光が映り始めていた。

駅から『一枚の皿』へ向かう道を歩いていくと、頭の中の、しばらく使っていなかった回路に血がめぐっていくような感覚があった。

こんな郊外の商店街にも、クリスマスの気配が訪れている。ハロウィンはとっくに終わり、あちらこちらに置かれたサンタクロースや、トナカイの引く橇《そり》や、雪だるまといったディスプレイに、冬の深まりを感じる。

沙織の武への気持ちはすっかり凍ってしまった。本当ならば、イヴを武と過ごすはずだったのに、もう、そんな気持ちも戻りそうもない。ＬＩＮＥにも、メールにも、返事をする気持ちにはなれない。

考えてみれば、武と『一枚の皿』に来たあの日から、沙織が見る風景は、ずいぶんと違ったものになっていた。家も、学校も、武とのことも、おそらくは自分の将来さえも、すべて。

『一枚の皿』のドアを開けると、黒川さんがキッチンに立って洗いものをしていた。

「あっ、私がやります！」

沙織は、思わずそう叫ぶと、キッチンに駆け込み、黒川さんの横に並んで皿を洗い始めた。

「すみませんでした。しばらくお休みにしてしまって。」

「いいんだよ。もともと、沙織ちゃんが来る前は、なんとか自分で回していたんだから。それよりも、学校の勉強は、だいじょうぶなのかい？」

「ええ。だいじょうぶです。ありがとうございます。ご心配をおかけして、すみません。」

皿洗いは沙織に任せることができたので、黒川さんはふきんで食器を拭き始めた。黒川さんのモコモコのセーターに時々沙織の身体が触れた。こうやって、お皿の上に泡立っている洗剤を水で流していると、大切な日常が戻ってきたような気持ちがした。

不思議なのは、ほんのしばらく前には、沙織の世界の中には『一枚の皿』も、黒川さんも存在していなかったということだ。

「そういえば、どうしたんだい？　武くんが、何回か君を探しに来ていたよ。今日は来ていないと言うと、ああそうですか、いいですって、そのまま帰ってしまっていたけど。」

沙織の表情にはためらいが表れたが、しかし、それも一瞬で消えた。

「あのう、私たち、別れたんです。ちょっとした喧嘩をして。」

「ああ、そうなの。まあ、若い時は、いろいろあるからねえ。気にしないほうがいいよ。」

「ありがとうございます。」

そう言いながら、沙織は、横に立っている黒川さんを見つめた。その顔には、特別な感情は読み取れなかった。

「そうそう、美香ちゃんとかいう、君の友だち、この前、武くんと一緒に来ていたよ。それで、君が来ないってわかったら、二人で、オムライス食べて帰ったよ。赤ワイン飲んで、いろいろ話していたよ。起業家セミナーに行ったとか、将来は外資系金融で働くんだとか。」

「そうですか。」

「それにね。」

黒川さんの口元が、かすかに歪んだ。「武くんと美香ちゃん、しきりに店の中を見渡して、ここの内装、変えた方が高級なイメージになるのに、とか言っていたよ。」

沙織は、気遣うように黒川さんの表情を盗み見たが、全く気にしていないようだった。沙織は、冬の嵐に身構えていたのに意外にも春の海のうねりに包まれたような、不調和な、ゆったりとした気持ちになった。

それにしても、武と美香がデートしていたなんて……。

そもそも、沙織は武とは別れたのだから——もっとも「別れる」とはっきり口にはしていないが、LINEにもメールにも返事をしていないのだから、同じことだ——武が、美香とつき合おうがどうしようが、二人の自由だ。

美香とはキャンパスで何回か会っていたけれど、沙織に対してそんな素振りさえ見せていなかった。これまでと同じくらい、自然に振る舞っていた。

そのことだけが、沙織の心に小さな棘がぷくりと刺さったような、かすかな痛みを与えていた。

もともと、美香は、武に好意を持っていたのだろう。

きっとそうだ。

沙織は、もう、忘れてしまうことに決めた。

ランチの開店までは、まだ少し時間がある。黒川さんは、「何か賄いでもつくろう」と言ってくれたが、今日ばかりは、そんな気づかいがかえって重かった。

「ありがとうございます。でも、だいじょうぶです。あまり食欲がなくって。」

黒川さんは、「そう」と案外簡単に納得した。それから、あっ、そうだ、と思い出したように言った。

「そう言えば、君のお父さん、先日、お店にいらしたよ。」

それは、沙織にとって意外な知らせだった。

「えっ、そうなのですか。」

「ああ、君がここで働いていると思っていらしたらしくて。素敵な方だね。出版社に勤めていらっしゃるんだってね。」

そう言いながら動いた黒川さんの視線を沙織は追った。キッチンから張り出した木棚に、父が編集したアメリカのストリート・アーティストの作品集が置かれてある。

「コーヒーをお出しして、しばらくお話ししたよ。お父さん、私と二つ違いなんだねえ。」

「何の話をしたのですか?」

「いや、ペンチメントの話をね。」

「ペンチメント?」

沙織の顔には、明らかな当惑の色が浮かんでいたが、黒川さんは気づいていないようだ。

「ああ、お父さんも、美術がお好きでしょう。だから、一度描いたものを後悔して塗り直す、そんな芸術家の心理に興味を持たれてねえ。詳しく解説してくださったよ。沙織ちゃんが、この店の塗り直しに気づいた、という話から、その話題になって。お父さん、ペンチメントは、美術史上、たくさん事例があるとおっしゃっていたよ。」

「あの……」

沙織は、誰かに対して言葉にしてしまうと、その現実が固まってしまいそうで、しばらく前から怖れていたことを、ついに口にした。

「あの、父、今度、家を出ることになったんですね。」

「えっ、そうなの？」

黒川さんの答えには、少し間があった。

「そうなんです。好きな女の人ができたって言って……。しばらく前から、家に戻っていなかったんです。その女の人って、私よりちょっと上の、大学を卒業したての方で……。若手の、アーティストの方で……」

黒川さんは、何も言わずに、沙織のことを見つめている。

森の中で、突然人に出会ったカモシカのような瞳を向けている。

沙織は、思わず目を伏せた。

店の外を自動車の走る音が聞こえる。

その音が遠くなり、消えた頃、沙織は顔を上げた。黒川さんは腕を組み、黙って、壁の動物たちを見つめていた。

その後ろ姿が、黒川さんのやさしさの表現であるような気がして、沙織は、肩から力が抜けた。

似ていない……。

黒川さんの後ろ姿は、父とは、違う。

沙織は、肩のあたりをぽんと押されて、そのはずみで明るいところに出たような気がした。

知らないうちに出た沙織の声は、本人にとっても不思議なほど明るくなっている。

「黒川さん、今日はどうしたんですか。そんなに熱心に、自分の絵を見ちゃって。」

「いや、壁、塗り直そうかなと思って。」

「えっ、そうなんですか。」

「そろそろ、潮時かなと思うんだ。」

「まさか、武と美香の言ったことを気にしているのですか?」

「違うよ。どうせ、また塗り直そうと思っていたところだったんだ。もうはげて来ちゃっているじゃない。あちらこちらから。」

沙織の心の中に、突然、新潟のおじいちゃん、おばあちゃんのとびっきりの笑顔が浮かんだ。

「今度は、花にしませんか?」

沙織は、自分自身の言葉に驚いていた。

「私の母の故郷は、雪がたくさん降るんですよね。それで、翌年の春になると、一斉に花が咲くんです。まるで、去年のあれこれすべてを消してしまうように。」

「へえ、そうなの。ぼくは、雪国の冬には余り縁がないから、わからないなあ。」

「この花を咲かせた養分は、去年の生きものの死骸なんだなって、子どもの頃、実家に行く度にいつも考えていました。」

「ずいぶんと、難しいことを考える子どもだったんだねえ。」

沙織には、さらに一つ、思いついたことがあった。

「これからは、何か良いこと、美しいことがあった時に、花を一つ描くことにしませんか。世の中のニュースだけでなく、私や、黒川さん、この店のお客さんでもいいけど、どんなささやかなことでもいいから、何か良いことがあった時に、花を一つ描くことにしたら。」

「ああ、それは、いいねえ。それは、実にいい考え方だなあ。」

黒川さんは、沙織の方を見て、にっこりと笑った。

大学を終える前に、このレストランの壁に、たくさんの花が描かれるのかしら、と沙織は思った。そして、自分の中に浮かび上がってきたその光景に、ほんの少しだけ、うっとりとした。

「そうそう、黒川さん、今度、オモイノタケを、この店に連れてきていいですか？」

「オモイノタケ？　なんだい、それは？　キノコかい？」

「人間ですよ。素敵な男の人。」

「君の新しい恋人かい？」

「うふふ。連れてきての、お楽しみです！」

黒川さんだって、ミステリーでいっぱいなんだから、自分の方も、少しは秘密があってもいいだろうと沙織は考えた。

黒川さんとオモイノタケが出会ったら、どんな話をするのか、今から楽しみだ。『一枚の皿』のテーブルに、黒川さんと、オモイノタケと三人で座ったら、どんなに楽しいだろう。

「黒川さん、最初の花は、私に描かせてくださいね！」

沙織は、壁に、自分の思いの丈を込めた花を描くところを想像してみた。

どこにしようかな、と迷ったあげく、沙織は、象の鼻に赤い薔薇をくるませることにした。

フレンチ・イグジット

French Exit

「それは、一体、どんな会合なの？」

信介《しんすけ》は、あまり気乗りしない風に聞いた。

薄手とはいえ、このジャケットはちょっと暑すぎたと、しきりに襟《えり》のあたりを触っている。

視界の隅の方で、隆史《たかし》が吸っていた煙草を灰皿にぎゅいと押し付けた。

煙が、ぐるぐると回りながら空中に舞い上がる。信介は、それをぽかんとした表情で追った。

「いや、三郎《さぶろう》のやつが、久しぶりだから、一杯やろうって言うんだよ。」

「珍しいな。同窓会でもやるのか？」

「それが、何か、趣向があるらしいぜ。」

「三郎が言うんだからな。それなりに面白いんだろう。」

「何でも、佐野《さの》の家でやるらしい。」

「佐野？　佐野って誰だ？」

「こいつだよ。覚えていないかなあ。」

隆史は、スマートフォンの画面をこちらに向けて、三郎ともう一人の男が並んで写っている写真を見せた。

レストランの個室。整然とセットされた純白のテーブルクロスの向こうで、二人が破顔している。

信介は目を細めてしばらく眺めていたが、納得が行かないというように、隆史からスマートフォンを奪い取った。角度を変えて、唸《うな》り、やがて口角の一部を緩めると、信介はスマートフォンを隆史に向かって投げた。

テーブルに当たって、カンと音がする。それとほとんど同時に息を吐いた。

「なんだよ、高木《たかぎ》じゃないか。」

隆史は、乱暴だなあとちょっと抗議するような素振りを見せながら、スマートフォンを親指と人差し指でつまんで持ち上げた。

その仕草を見て、こいつは俺の手を脂っこいと思っているなと信介は思った。

隆史はスマートフォンを手の中に確保すると、安心したように感情を解放して、改めて信介に驚きをぶつけた。

「えっ、これ、高木か?」

「そうだよ、よく見ろよ。」

「どうかなあ。」

隆史は、写真を矯《た》めつ眇《すが》めつ眺めている。そのうち目のあたりに、春の光を受けて梅がぱっとほころぶような気配があった。

「本当だ。高木だ。不思議だなあ。人間、変わるものだ。まさかなあ。眉の間の印象が、確かにそうだよ。迂闊《うかつ》だったなあ。」

「君は、昔からそうだよ。どこかぼんやりしているところがあるんだ。」

隆史は、テーブルの上にあった紙ナプキンで、スマートフォンの表面をさりげなく拭いている。

「それにしても、なんで佐野っていう名前になってるんだ？」

「あいつ、婿《むこ》養子になるんだって誰かが言ってなかったか？」

「そうだったかな。それじゃあ行った先が佐野っていうんだな、きっと。」

「違いない、縁組で苗字が変わったんだ。」

「三郎から、こんな写真もメールで送られてきたんだけどね。」

隆史は、今度はスマートフォンを信介に渡さず、目の前にかざして画面を見せた。信介は、先程の熱意もなしに、ちらりと目をやるだけである。

男が豪邸の前でポーズをとっている。白壁に、緑の屋根。西洋風のモティーフを嫌味にならない程度に取り入れた、壮麗な屋敷だ。信介は、もういいとでもいうように、手を振った。

「ああ、これは、確かに高木だ。こっちの方が表情がわかる。」

信介は、隆史の手元にあったライターを取ると、自分の煙草に火をつけた。

「しかし、あいつ、こんな豪勢な家に住むほど、金あったかなあ。実家だって、そんなに余裕のある方じゃなかったろうよ。」

彼らが通っていたのは、裕福な家庭の子弟が集うことで知られた小学校から大学まである一貫校。もちろん大学も一緒だったが、高校の時の方が関係は濃密だった。とりわけ、信介と隆史は小学校から上がってきたので、世間では特別なことを、自然だと思ってしまっているところがある。言うことが時に「嫌味」になるが、そのことに気付く「鏡」がない。

信介は、記憶の箱を、ひっくり返してみた。

三人はハンドボール部だったが、高木は、確か高校から入った口だろう。決してしゃしゃり出ない男だった。というよりも、誰もその存在にとりわけて興味を持たないような、少し気の毒なやつだった。

それに比べれば、信介と隆史は、どちらも「花形選手」だった。信介は、もはや昔日《せきじつ》の面影がないというほどに体型が崩れてしまっているが、かつては心身がぎゅっとしまっていた。レギュラーですらなかった高木については、正直、確かな記憶はない。どちらかというと、そもそもプレイ自体は苦手で、片隅で小さくなっているようなやつだったような気がする。そういえば、練習もせずに、手元でスケッチのようなものを描いていたようにも思えてくる。附属校にしては珍しく美大が志望で、そっちの方に進んだのではなかったか。もっとも、それさえも記憶が曖昧《あいまい》なほど、漠《ばく》とした印象しかない。

正直に言えば、まったく人間としての興味がもてないタイプの男だった。なぜ、ハンドボール部に入っていたのかもわからない。まして、信介や隆史をこのような会に誘うといった積極性があった記憶は、一切なかった。

どのような運命の変化が、高木を変えたのか。仕事で当てたのだろうか、養子に入って金以外にも、「何か」を掴んだのだろうか。

そもそも、その、「婿入り」先の女は、どのような容貌なのだろうか。物凄く美人だとしたら、自分には直接関係がないが、鼻の奥がむず痒《がゆ》くなるような気がする。

いろいろと考えているうちに、信介の胸の中には、高木の私生活を知りたいという猛烈な欲望がこみ上げてきた。

「おい、高木が養子入りした、その嫁さんの写真はないのか?」

信介は、煙草の煙の行く末を半ば無意識に追いかけながら、隆史に尋ねた。

「いや、ない。そもそも、養子になったという噂だが、本当にそういうことなのかどうかも、わからないじゃないか。」

それもそうだなあ。

信介は、急に自分が高木という人間に対して興味を感じたこと自体が馬鹿らしくなってきた。一生懸命階段を上がっている途中に、膝《ひざ》がカクンと抜けるような、そんな感じがした。

「で、今回は誰が集まるんだ?」

「同級生では、ぼくと君、三郎と……それから佐野だけさ。他にも、誰だか知らないが、何人か来るらしい。全て佐野が仕切っているって言うんだけど。」

「同窓会じゃないんだね。」

「いや違う、どうも主催は別にいるらしい。そこで、佐野が世話役のようなことをしているということなんじゃないか。」

「しかし高木、そんなに面倒見良かったかな。」

「まあなあ。なんか心もとないが、とにかく、行ってみようぜ。どんな趣向かわからないけど。佐野が養子になった経緯も、面白そうじゃないか。この時代にさ。」

「ああ、その日は幸い、ぼくもやることないから行ってみよう。三郎にはしばらく会っていないし、いずれにせよみんなで会うのは面白いからな。」

信介も隆史も、外資系金融への就職を皮切りに投資や経営の仕事をしていて、市場が開かない週末は基本的に暇である。正確に言えば、忙しいふりはしているが、本当はそんなに時間に追われているわけではない。

仲間の中には、時間も手間もかかるトライアスロンに熱中する者も多い。年間十回以上大会に出る猛者《もさ》もいる。投資や経営の仕事は、「上」にいけばいくほど仕事は間接的になり実入りは大きくなる。そして、自由な時間も増えてくる。

「ぼくたち、カモメのジョナサンだよな、結局。」

ある時、信介は隆史に向かってそう言った。金を手にすれば、それだけの広々とした自由の大空が得られるのだ。

その日、信介は最寄り駅から家に向かってゆっくりと歩いていた。どんよりと垂れ込めた夕暮れの空の雲から、ぽつぽつと雨が降っていた。

傘を差していると、自分だけの「繭《まゆ》」の中にこもっているような気がする。自分という存在を受け入れることが、普段よりも易しくなるように感じられる。

もうそろそろ家に着くかという頃に、信介は小学校の横を通り過ぎた。

ごくたまに仕事がない平日の昼間に通ると、元気な子どもたちの声が聞こえてきて、信介は立ち止まって、しばらく耳を澄ますことがあった。

なんとはなしに、緑の網目模様のフェンス越しに校舎の様子を眺めてみた。

体育館の壁の横に、茶色い犬がいた。あたりが暗い中でそこだけ、なぜかぽっかりと明るく照らされていた。

犬は、うずくまって、降り続ける雨に打たれていた。天から降り落ちる水滴は、重力加速度と空気抵抗の平衡の中に一定の速さを得て、犬の毛の上に降り掛かっていた。犬は、雨の中を歩いてきた信介と同じように、やわらかな自我の霧の中にいるように見えた。信介は、犬に同情した。せめて、軒下とか、濡れないところにいればいいのにと思った。しかし、犬はあくまでも無防備だった。あたかも、自分の存在など雨粒一つと同じだとでもいうように。家に帰ってからもなお、信介の心の中では、まだ、暗い空から雨が降り続けているような気分だった。

横になったまま、あの犬が醸《かも》しだしていた、不思議な存在感を思い出していた。雨に打たれて、この上なく惨《みじ》めな姿でありながら、自身の命を一生懸命抱いているような温《あたた》かさもあるようだった。

なぜ、あの犬のあたりだけ、明るかったのだろう。記憶の中にぼんやりと照らしだされた領域を思い出すことが、信介には心地よく感じられた。

それから、唐突に、あの犬は、きっと「高木」だなと思った。

あんまり忘れていたものだから、ああやって会いに来たのだな。

信介は、寝返りを打った。思いつきは、確信に変わった。

おかしなやつだ。同級生に会いに来るのに、犬になんかならなくてもいいのに。

約束したその日は、よく晴れた。絹のような白い筋雲一本だけが、空を横切っていた。信介と隆史は、駅の改札で待ち合わせた。会合は、そこから歩いて十五分ほどの、高木の邸宅で行われることになっていた。

桜はすっかり散ってしまった。満開だった、その記憶ですら、今は薄らぎ始めていて、木々の緑が日に日に濃くなってきている。気をつけると、道端の土の上に、踏みつけられ、汚れ、壊れ、土に還っていく途中の、かつて花びらだったものたちが見えた。

まだ半袖で歩くには肌寒いものの、カーディガンを軽く羽織るだけで夕方までは事足りるような、そんな空気に街は包まれていた。

隆史は、薄手の青いセーターを着ていた。普段からジムに通って鍛えているので、すらりとした体型を保っている。

一方の信介は、最近はまったく運動せず、おまけにお酒やおいしいものが好きなので、すっかり肥満体になっている。お腹が出すぎて、ベルトだとズリ落ちてしまうので、今日も、白いシャツにサスペンダー姿である。

もっとも信介は、そんな身体の「今」などに、気苦労するようなタイプではない。背は高いほうだから、かえって立派に見えると思っていた。

家は少しわかりにくい場所にあるというので、高木が二人を迎えにきてくれることになっていた。

「それにしても、なんだってコンビニなんかで待ち合わせるんだろう。」

「なあ。今時、住所を言ってくれれば、スマートフォンで簡単に道順はわかるのに。」

「だよな。わざわざ、途中で待ち合わせていくことなんてないのに。」

「まあ何か事情があるんだろう。邸宅に行く道すがら、いろいろ説明するつもりなのかもしれない。」

待ち合わせのコンビニに近づくと、駐車場のところに立っている高木の姿が見えた。この前写真で見ていたから、信介にはすぐにわかった。

高木は、小首を傾げて、すまなそうに、店の入り口の脇に置かれた傘立ての横に立っていた。どうすれば、通り過ぎる人たちに対して一番身体を小さく見せることができるのだろうと、長年精励《せいれい》した結果そのポーズに到達したというような、控えめな佇《たたず》まいである。

確かに、その人はその場所にいる。それでいて、なんだかこの地上にいること自体を持て余しているような、それが高木だった。

「おう、高木！」

隆史が声をかけた。

近づく二人の姿が視界に入っていなかったらしく、高木の身体がびくりと震えた。信介は、「彫像」が崩れて消えてしまったことに、少しばかりの残念さを感じた。

「どうもです。」

高木は、頭をぴょこんと下げた。

「それにしても、高木、全然変わっていないじゃないか。」

「そうだよなあ。しかし、ちょっと髪の毛が薄くなったかな。」

信介と隆史は、時折、高木の肩を叩いたり、腕を押したりしながら、好き勝手を言っている。

「いや、湿気の加減で、単にぺちゃんこになっているからそう思うだけだろう。なあ、高木、君、髪の毛まだたくさんあるよなあ。」

「さあ、どうでしょうか。」

高木は、以前から小柄だった。そして、あり得ないことだが、こうやって間近で見ると、ますます身体が縮んでしまったように見えた。

美食ですっかり豊満になった信介や、ジムで鍛え上げた隆史と比較すると、別の世界の生きもののようだった。かつて同じ学校に通っていたとは、思いにくかった。しかし、生活空間を共にした者の間に流れる親近感は、それでも確実にある。

「あのう、一つお願いがあるのですが。」

高木が、おずおずと、しかしその時だけは顔をきちんと正面に向けて言った。

「何だい?」

「ぼくの名前は、もう佐野になっているので、できたらそう呼んでいただけませんか?」

それだけ言って、あとは再び顔を下げ、上目遣いに眼をしばたたきながら、信介と隆史の様子をうかがっている。

「そうだよなあ、佐野、悪い、養子の話は聞いたよ。ぼくたちも、まだその新しい呼び方に慣れなくてなあ。」

信介が、佐野の肩をぎゅっと抱いて、囁《ささや》くように言った。信介は、横目で佐野の着ているシャツを観察した。有名なイギリスの仕立屋のつくるシャツと、風合いが似ている。

「ちょっと、待っていてください。」

佐野が、コンビニの店内に入っていく。雑誌コーナーの前を通り過ぎて、飲み物の並んでいる冷蔵庫の前に立つところまでは見届けていた。

駐車場の隅の、隣の建物との境の壁に寄り添うように、丸いフォルムの布に包まれた姿の男たちが三人いた。一人は座り、壁に寄りかかった男は、背中をこちらに向けた男と少し声高に話していた。

男たちの背中や腹は不自然なほど膨らんでいて、丸布には何かが詰まっていそうだった。それでも一応は服らしく、粗い目がはっきりとわかる、大きなジッパーがついているのが見えた。

信介は、男たちを見た瞬間怯《ひる》んだ。こちらが気圧《けお》されるような禍々《まがまが》しさを感じた。落ち着いた住宅地には、そぐわない異質さがあった。そもそもこの新緑の季節には、丸布は暑すぎる。

世慣れた信介は、それでも、ああという感じで軽く流そうとしたが、隆史は、かえって少し興奮気味になった。

「おい、あれさ、夜になると寝袋になるのかなあ?」

隆史が、信介に向かって、囁くというにはあまりにも大きな声で言った。

隆史には、緊張すると大げさになる癖が昔からある。

肝を冷やした信介は、ちょっと、というように隆史の肘を引っ張って、丸布の男たちからさらに数歩離れたところへと導いた。

丸布の若い男が一人、隆史を注視して、目で追っているのが感じられる。信介は、男の視線が当たるあたりが、ちりちりと熱くなるように感じた。

コンビニの自動ドアが開いて、佐野が出てくるのが見えた。

手には、何も持っていない。

佐野がそのまま店を離れていくので、信介と隆史は、あわてていっしょに歩き始めた。信介は内心、コンビニを離れることにほっとしていた。

信介は視野の片隅で、丸布の若い男が、三人をつけて歩くような素振りを見せていることに気づいていた。男は無精髭を生《は》やしていて、目つきが遠目にも鋭い。隆史も明らかにそれを意識し始めたようだ。一体、丸布の中には、何が入っているのだろう。信介は、少し肝がひんやりとする気がした。

佐野もまた、信介や隆史の気配に気づいたらしい。おやっと、首を回転させて振り返った。佐野の目が、丸布の若い男の目と合った。その時、意外なことが起こった。佐野と丸布は、ほとんど同時に、にっこりと、鬱蒼とした暗い林の中に太陽の光がこぼれるように笑ったのである。

とりわけ、佐野の顔には、心から親しみを感じているような表情が現れた。世界を疑っていなかった子どもの頃、チューリップの花びらを見た時のように。その様子に、信介は少なからず動揺した。

佐野の後ろを二人が追う。角を曲がって、件《くだん》のコンビニと、丸布の男たちが見えなくなると、信介が、もう待ちきれないというように少し咳き込みながら尋ねた。

「おい、君は、さっきの青年を、知っているのかい？」

佐野は、何のことかわからないというように、いぶかしげに信介の方を見た。

「……さっきの？」

「ほら、コンビニの近くにいた、丸い布に包まれていて、こっちの方を見ていた……」

「ああ！」

佐野は、顔をかすかに左右に振り、それから目を一度閉じて、また開いた。

「あの人はねえ、何年か前に知り合って。しばらく、一緒にいたこともあるし。」

「どういうこと？」

「ぼくも、丸布にくるまって、あの人の隣で寝ていたんです。」

信介は、佐野の顔の真ん中に突然「異星人」が現れたかのように凝視した。

一方の佐野は、特別なことを言ったという意識もないように、自分だけのリズムを刻みながら前に進んでいく。

「えっ、あの布に？　あれは、寒くはないのかい？」

隆史は、佐野の背中に向かってそのような言葉をかけながらも、本当に聞きたいことは、そんなことではないような気がした。

「案外、温かいです。うまく丸めれば、枕にもなるんです。」

旧友の思わぬ一面に、隆史が静かな衝撃を受けていると、信介がそのことはもういいとでも言いたげに肩に手を置いた。

「それで何だい、養子に行ったということは、つまりは、君は結婚したということなのかい？」

しばらく空気を測った後で、信介がそう訊ねると、佐野の顔がよく熟れたトマトのように赤くなった。

「まあ、実質そう言ってもいいのですが、少し事情が複雑でもあるのです。いずれにせよ、そのうち詳しくご報告いたします。まあ、ぼくのことはともかく、これから二人を家まで、案内しますね。」

信介は腕組みして、佐野のトマト顔を改めて観察した。

「それで、その集会というのは、一体誰が主催しているんだい？　君は、世話人なんだろう？」

「ええ、それはまあ。でも、あとでゆっくりお話ししますから！」

佐野は、それだけ言うと、小走りと言ってもいいくらいのスピードで、ちょっとつまずきそうになりながら先に進んだ。

隆史は、仕立ての良さそうな佐野のシャツを見ながら、好奇心いっぱいというように声をかけた。

「それで、君は、だいぶ金持ちになったみたいじゃないか。」

隆史の声は、こうやって聞いてみると、その爽やかな印象の外見とは裏腹に、ちょっと湿り気があってねっとりとしている。信介は、佐野との比較においてそのことを見出した。

「いいえ、そういうことでもないのです。」

佐野は、そう言いながら、くっ、くっと首を左右に動かした。

「何しろぼく自身が、まだ余りの変化に、ふわふわとしているものですから。」

会話をしながら乱れることなく、スタスタと自分のペースを刻む佐野の様子は、冬眠から醒《さ》めたばかりの小動物のようだ。信介は、少し息が切れてきた。

「おいおい、そんなに速く行くなよ。追いつくのが大変だ。それにしても、なぜ、こんなところで待ち合わせにしたんだ？　現地で直接で良かったのに。」

「ごめんなさい。やや、わかりにくいところにあるので、ここだと間違いないかと思ったので。少し行ったところに、家があります。ぼくの後をしっかりついてきてください！」

佐野はそれだけ言うと、仲間たちとの集合場所に急ぐ栗鼠《りす》のようにどんどん先を行く。信介と隆史は、その後を追いかける。角を曲がる。道を渡る。細い路地を行く。信介は、次第に「佐野」という「獲物」を追いかける狩りをしているような気分になってきた。

佐野は歩きながら、時々、姿勢を変える。足を前に運びながらおでこに左手を当てて、そのままでいることもある。信介には、それが腑に落ちない。

横にいる隆史に聞く。

「おい、なんであいつおでこに手を当てているのかなあ。」

「さあ、熱でもあるのかなあ。」

「心ここにあらず、という感じだぜ。」

信介の口調は隆史に答えを求めているというよりは、自問自答をするかのようだった。

そんな二人の会話が聞こえるのか聞こえないのか、佐野は、淡々と同じペースで歩いていく。

突然、佐野は立ち止まると、バレエダンサーのように器用につま先で回転し、周囲をぐるりと見渡した。そして、何かを発見したかのように、目を見開いた。

「ほら、あの木の梢、素敵ですねえ。」

そうつぶやき、右手の指を踊らせるようにしながら、道端の欅《けやき》を示した。

「あそこの家の屋根の赤さは、子どもの時に見た夕陽を思い出させませんか。」

立ち木の話をしていたと思ったら、次は屋根の色だ。

信介と隆史が言われて屋根を見る。それから振り返ると、佐野は右手で再び、指踊りをしている。一方の左手はずっとおでこに当てられたままだ。

どうも、変だ。足元に渦巻きができて、広大な海の底に引きこまれていくように、くらくらする感覚がある。

信介は、ぎゅっと掌を握った。隆史はと見ると、黒眼が左右に細かく揺れている。おい大丈夫かと声をかけたいけれども、そもそも自分自身が心もとない。

何度目かの角を曲がった時、隆史が突然「あっ」と叫んだ。

「どうした？」

と信介が尋ねた。

「ここ、前に通らなかったかい？」

「そうかい？」

「だって、あの角にあるコカ・コーラの自動販売機、さっきも見たような気がするぜ。」

「そうかなあ？」

「間違いない。横にタコのシールが貼ってあるだろう。近所の子どもがやったんじゃないか。赤の上にもうひとつの赤だから、覚えている。」

「だとしたら、同じ道かもしれないな。」

「おい、ひょっとしたら、ぼくたち迷っているんじゃないか。」

佐野はと見ると、道の真ん中で完全に立ち止まってしまっている。そして、相変わらずおでこに左手を当て、口の中で何やらブツブツとつぶやいている。佐野自身が、泡を吹くタコのようだ。

「おい、あいつだいじょうぶなのか？」

信介ができるだけ咎《とが》め立てしないように気遣う口調で言った。

「道に迷っているんじゃないのか？」

隆史の声には、明らかに不安が混じっている。

「いいや、だいじょうぶです。心配ありません。」

佐野は、洞窟の奥から響いてくるような不思議な声で言った。他人事《ひとごと》のようなのだ。

「この道で間違いはないのです。この順番でいいのです。ただ、今日は、少し湿度が高いものですから。」

「えっ、湿度？」

「何か関係があるのかい。」

「ええ、それがあるのです。何しろ……」

佐野は、何しろ、と言ったまま、その先を言わずに、また額に左手を当てて歩き始めた。

今にもつっかかって倒れそうな、前のめりの姿勢である。信介と隆史は顔を見合わせてから、黙って佐野を追った。

三人は、ついに小さな道に来た。突き当たりには密に生えた背の高さくらいの繁みがあって、もうそれ以上先には行けないようだった。信介は、立ち止まった。無意識のうちに身体が引き返す準備を始めていた。

「ここです！　ここから入るのです！」

佐野の声は、今までになかったような自信と熱を帯びている。信介の身体は、不意打ちを受けて、ピタリと停止した。

「ええっ。この繁みを通るのかい。」

「そうです。よく見てください。葉っぱの真ん中に隙間があるでしょう。あそこです。」

「しかし、こんな狭い所、身体が入らないんじゃないかなあ。」

そう言いながらも、信介の両手の親指と人差し指は、自分のサスペンダーを探るようにさすっていた。

「大丈夫ですよ、通れますよ」と佐野は受け合う。

隆史は腕組みをし、しばらく繁みを見つめていたが、やがて少し咎めるように言った。

「何も、こんな所を通らなくてもいいじゃないか。」

佐野が、申し訳なさそうにつぶやいた。

「すみません。この繁みを通らないと、ものすごく遠回りになって、到着の予定の時間に間に合わなくなってしまうのです。」

「おいおい、そんなことを今さら言うかい？　同じところをぐるぐる回ったり、あの梢はいいですね、あの屋根が素敵ですねなんて立ち止まって余計な時間を使っていたのは、佐野、君の方だぜ。」

隆史の言葉には、本人に自覚はないが部下に対する時のいつもの癖が現れているようだ。

「すみません。まだまだ余裕があると思っていたのですが、いざとなると、時間がなくなってしまって。どうしても、この繁みを通り抜けていただけませんか。もう、すぐですから。」

佐野の頬は、いたずらを見つけられ、咎められた子どものように赤く染まっている。

その様子を見て、信介はなんだか気の毒になってしまった。

「仕方がないなあ。」

信介は、そう言いながら、つまんだサスペンダーを離した。パン！　と肌を打つ気持ちの良い音がした。

「ぜひ、お願いします。」

佐野が、信介と隆史の間にある静寂に向かって、ぺこりと頭を下げた。

「それに、このあたりでは、気をつけないと、時間の経過がとんでもない結果をもたらすものですから。」

その言葉を耳にした瞬間、信介は、空中からブーンと蜂の羽音がするような気がした。

信介と隆史は、改めてその繁みを見た。

常緑樹だろうか、楕円形の小ぶりの葉っぱがびっしりと生えている。枝は細く、あちらこちらで分かれていて、刺さったら服の上からでも痛そうだ。子どもの頃は、近所のこんな生け垣を抜けたこともあるような気がするが、いい大人になってからは、もちろんそんな記憶はない。

まずは、佐野が見本を示すという。

「じゃあ、先に行きます。」

事も無げに繁みの中に身体を沈めていく佐野は、その時だけ、たくましく見えた。そして、不思議なことに、佐野が繁みを通り抜けている間、信介と隆史は、何が進んでいるのか、靄《もや》がかかったようにわからなくなったのである。

何が起こっているのか理解できないうちに、佐野の身体は抵抗もなく、するりと向こう側へと消えてしまった。どうやって抜けたのか思い出そうとしても、目の前の繁みの葉っぱは、ただそよ風に吹かれたように揺れているだけだ。

「ほら、こうやって抜ければいいんですよ。だいじょうぶです。二人とも、早くこちらに来てください！」

向こうから聞こえる佐野の声が、壊れたラジオのように割れている。

「信介さんから、ぜひ、どうぞ！」

なぜ自分から呼び込むのだろうかと、信介は考えた。太った信介さえ通れば隆史の方はだいじょうぶだからと、どちらかと言えば神経質な隆史を安心させるためにそうしたのかもしれない。

「じゃあ、行くよ。」

信介はそう言うと、隆史の方を振り返って、親指を上に立てた。その仕草とは裏腹に、信介の口元は、少しこわばっていた。隆史の顔を照らしている太陽が、少し柑橘《かんきつ》色がかっているように見える。

信介は、繁みの隙間にまずは左手を入れた。枝がチクチクと皮膚に当たるが、懸念した程には痛くはない。その安堵に背中を押されるかたちで、思い切り身体を傾けて肩までを入れることができた。

「頭さえ通せば、だいじょうぶですから。」

繁みの向こうから、佐野の声が聞こえる。その言葉を聞いてなお、信介の心の底には、暗い淀みがあった。

「えい、こうなったら、もうやるしかないな。」

そう言うが早いか、信介は、頭から隙間の向こうに突っ込んでいった。視界の中が、緑の葉っぱや枝でいっぱいになった。勢い余って眼球に突き刺さりそうで、それが怖くて、信介は思わず瞼《まぶた》を閉じた。

「ううん……」

信介は唸った。隆史から見ると、信介の左手から、肩、頭にかけての上半身が斜めに繁みの隙間の向こうに消えたかたちとなっているが、信介には自分の身体の位置が把握できない。

「信介さん、こちらからはもう顔が見えていますよ。そのまま思い切って、まず左足を入れてみてください。」

壁の向こうから、佐野の声が聞こえる。隆史は、信介のサスペンダーが引っかかっていることに気づいて、小枝と垂直の方向に動かした。ぱちんと音がして、サスペンダーは自由になった。信介には、お腹の当たりにどんぐりが二つ三つぶつかったような感覚が伝わった。

「信介さん、今度は右足を入れてみてください。」

もう一度、佐野の声が聞こえた。それに促されたように、信介の右足が大地への未練を思い切るように上がって、繁みの向こうに行こうとした。足が隙間にかかる時に、身体が少し浮いて小枝に支えられた気がした。

信介が、思い切って目を開けると、焦点がぼやけた緑の点々の向こうに青い空が見える。

「そう、その調子!」

佐野が、信介を元気づけるように、声をかける。

「ううん……」

信介は仲間からはぐれてしまった狼のように唸った。

「今度は腕！　あと半分ですよ。」

佐野の声に押されるように、信介の右腕は、徐々に繁みの中を移動し始めた。

「そうそう、もう少し。」

「ううん……」

信介の身体は、ますますぎゅうぎゅう締め付けられるようでもあり、あちらこちらがチクチクと痛かったが、不思議なことに、そのうち胸や腹が少しずつ動き始めた。

「がんばれ、信介！」

隆史も、つい力が入って、後ろから声をかけた。まるで、ハンドボール部の夏の合宿の午後の、一番苦しい時間帯に、励まし合っていた時のように。

ポン！

あまりにも突然に力が抜けた。信介の身体が繁みを通り抜けて、勢い良く地面に倒れ込んだ。

信介は、受け身をするようなかたちで地面を一回転し、腕を突っ張って土の反発を受け止めると草の上に座り込んだ。

「おい、だいじょうぶか？」

繁みの向こうから、隆史の声が聞こえる。

「ああ、だいじょうぶだ。」

信介は、自分の掌の下にある地面の確かさに安堵して、少し動かして皮膚にあたる土の粒の感触を味わってみた。

「何とかなりましたね。すみませんでした。」

佐野があやまっている。信介は立ち上がると、スローモーションでズボンの土を払い、それから周囲を見回した。

「ひゃあ、これは豪勢だ。」

信介は、少し大げさな声を上げた。

「土地代だけでもかなりのものだぜ。」

信介の視線は、足下から上へと向かった。空はまだ青いが、白い筋雲が次第に増えてきている。

「おおい、ぼくも行くよ！」

繁みの向こうから、隆史らしい声が聞こえてきた。なんだか力なく、別人のように響く。

「ぼくだけ置いてきぼりで、忘れられたらたまらないから。」

隆史の冗談めかしたその言葉には、案外本心が漏れ出しているように感じられた。

しかし、ジムであれだけ鍛えているんだから、簡単だろう。信介が油断していると、しばらくして、「あのう」という、隆史の情けない声がした。

「枝にセーターが引っかかってしまって動けなくて……どうすればいい？」

信介が見ると、緑の点々の中に、人影がちらちらと見える。

佐野は繁みに近づき、身を屈めて、心底申し訳なさそうに声をかけた。

「困りましたね。しかし、私が繁みに手を突っ込むわけにもいきません。思い切り、ぐいぐい引っ張ってください！」

「えっ、そんなことをしたら、セーターが破けてしまう！」

隆史の声は、もはや泣きそうだ。

佐野は、存外容赦なかった。

「この際、仕方がありません。とにかく、強行突破する以外には方法はありません！　一気に力を入れるのが効果的だと思います。一撃でやってしまってください！」

信介がおそらくはどこか冷酷な興味を惹《ひ》かれて見つめていると、隆史の身体を表す色の点が、緑の中で勢いよく動いた。「プツン」という音がした。一瞬、生気を失ったように停止したが、再びもごもごと動いている。

いきなり、顔が飛び出した。目がぎょろりと周囲を見回している。緑から生えた生首のようだ。

右腕が出た。次に左手が現れた。二次元のキャラクターが三次元になるように、隆史が繁みから次第に実体化していった。

ポン！

隆史の身体が、転がり出た。

おいだいじょうぶかという信介の声掛けを無視して、隆史は立ち上がると、芝生の上に仁王立ちになった。それからセーターを脱ぐと、手にとってじっくり観察した。やはり、袖の部分が派手に破れている。

「ちくしょう……」

隆史の喉から、絞り出したような声がした。ズボンに土がついているのも気づかないようで、セーターを再び着て、破れが目立たないように袖をまくり上げている。

信介は、あらためて周囲を眺めては、しきりに感心した。

「本当に豪勢な邸宅だよなあ！」

芝生の向こうに、大きな一軒家がある。象牙のような質感の白い壁の二階建て。青い屋根には、装飾ではなさそうだが、実際に使えるのかはわからない暖炉の煙突がある。

その声に誘われたかのように、隆史も、目の前に広がっている光景を改めて見る。

よく手入れされた、青々とした芝生が広がっている。土がむき出しになったムラなどはない。その中に、椅子とブランコが置かれている。どちらも塗りたてなのだろうか、鮮やかに白い。

芝生に面した部屋は、居間らしい。中のシャンデリアから乱反射する光が、きらきらと輝いている。信介は、居間の中に人影を目にしたような気がした。

「まったくなあ、どこからどう見ても、とびっきりだよなあ。」

隆史は、いつの間にか信介に肩を並べて同調している。

「ああ、こういう家は、実際申し分ない。」

信介にしては、手放しの称賛だった。

隆史が、芝居がかって眉を顰《ひそ》めて見せた。

「あのさ、佐野が写っていた写真で、後ろにあった家とは、違うようだよな。」

「ああ、そう言えば違うね。別なんじゃないか。」

「ということは、佐野のやつ、家が二つ以上あるってことかい？」

「そうかもしれないな。」

二人に噂されているその当人は、いつの間にか、芝生に面した居間の近くまで歩いていって、そこから信介と隆史に向かって手招きをしている。陽の光を受けて、佐野の掌がちらちらと点滅するかに見える。

信介は、目を細めている。隆史は、ようやくズボンの土を叩いて落とした。

「佐野は、本当に金持ちになったということかな。」

「ああ、大出世さ。まあ、佐野のためには良かった。」

信介の口調は、世事に通じた人のそれだった。対して、隆史は、ちょっと探りを入れるような気分になっていた。隆史の方が前のめりである。

「ところで、あいつ、何の仕事してたんだっけ？」

「さあ、しかし、しばらく前まで丸布のやつと知り合いだったくらいだから、あまり大した仕事じゃないだろう。無職に近い状態だったんじゃないか。」

「こちらに来てください！」

二人を呼ぶ佐野の声には、屈託がない。

信介と隆史は、顔を見合わせた。そして、ささやき合った。

「あんなところ通らせた癖にな。」

「何だか、ちょっと悔しいなあ。」

「でも、まあ、こうして無事着いたんだからいいじゃないか。」

「しかし、セーターがなあ。」

「また買えばいいさ！　特別なもんじゃないんだろう。」

「いやあ、だけど、ちょうど身体になじんできたところなんだけどなあ。」

信介の方が先に歩き出した。隆史もまた、信介の大きな背中を追い始める。

二人が歩いてくるのを見ると、佐野はにっこりと笑い、居間の芝生に面している大きなガラス戸を開き、一足先に中に消えた。

信介と隆史は、戸の外に立って、しばらくはガラスに映る自分たちの姿を眺めていた。隆史は、セーターを気にしている。

やがて、信介から話し始めた。

「玄関から入るんじゃなくて、芝生の方から行くんだね。」

「ああ、開放的でいいや。」

「そうだな。しかし、この家の主《あるじ》は、そもそもあまり世間を警戒しないらしい。」

「ぼくは仕事でアメリカにいたことがあるが、向こうの邸宅は、案外こういう作りのところが多いよ。道路からすぐに芝生になって、そこからまっすぐ家につながっているんだ。」

「そうらしいねえ。」

「それで、ハロウィンの季節になると、大きなかぼちゃが転がしてあったりして。芝生と家の境界あたりにね。」

「最近は、何もないように見えて、案外さりげなく高度なセキュリティが張り巡らしてあったりするからね。」

一足先に中に入った佐野は、居間のどこに行ってしまったのか、ガラス戸の向こうに姿が見えない。もっとも、光の加減で見通せないだけなのかもしれない。

「おい。ぼくたちも入るとするか。」

「そうだね。おい、ここは、アメリカみたいに、靴を脱がないで入るらしいぜ。」

「そうか。しかし、何だか気が引けるなあ。」

「だいじょうぶだよ。このマットで、泥だけ落としておこう。さっき繁みの間をくぐり抜けた時、ちょっと汚れちゃったからなあ。」

二人は、大人が手を広げて三人は並べるような入り口を、少し身を屈めて通った。中に入ると、豪勢なリヴィングの全体が見えた。

家を観察するのが趣味の信介は、軽く計算してみた。八十平米はあるのではないか。天井は高く、足の下にはふかふかの絨毯《じゅうたん》が敷かれている。真ん中には純白のテーブルがあって、その周囲には、オーク調の椅子が幾つか置かれている。

天井からは、大きなシャンデリアが吊り下げられている。数えてみると、五段あった。クリスタル・グラスであろう。かなりの重量感がある。一つひとつの粒に、きれいな虹がかかって見えた。

壁にはいくつかの絵が飾ってあった。伝統的な日本画をモティーフにした、斬新な構図の現代絵画や、暗闇に蠟燭《ろうそく》を灯したところを精細に描いた油絵があった。信介の視線は、しばらくさまよった後に、キャンバスに赤黒い四角が描かれた単純な構図の絵へと走り、そこに留まった。
二、三歩近づいた信介の目が、大きく見開かれている。
「おい、これ、マーク・ロスコだぜ！」

絵をさした信介の指に、力が入っている。

「しかも、これ、どうやらほんものだぞ。」

信介は、首を左右に振って、それから手を顎に当てた。

「へえあれは、ロスコなのか!?」

隆史の声が上ずって響く。信介は手を顎から外すと、腕組みをして隆史を真正面から睨みつけた。

「おい、君、ロスコ知っているのか?」

「ああ、だから、ロスコだろう。」

信介は笑って、隆史の肩を叩いた。

「君は、昔から、妙に見栄っ張りのところがあるからなあ。」

隆史は、赤黒い四角の絵に歩み寄って、その前に立った。見ながら、セーターの袖をしきりにいじっている。それから首を捻った。

「信介、これ、上下逆に掛かっていないかい?」

信介が、笑いながら両手をパンと叩き、足踏みをしているところに横から誘いがかかった。

「おいおい、君たち、そんなところにいないでこっちにおいでよ。おいしいお酒があるよ。」

佐野だった。

声がした方を見ると、ぴかぴかと黒光りするグランドピアノがある。その近くには大きならせん階段があり、二階へとつながっている。ぐるりと曲線で切られた踊り場の下に、こぢんまりと設《しつら》えられたプライベート・バーがあり、佐野が立って、二人を手招きしていた。

カウンターの上には、沢山のグラスが吊り下がり、キラリと光を放っているのが見える。佐野の横には、イブニング・コートを着た男がいて、忙しそうに立ち回っている。

信介は、両手を腰の後ろに添えてしばらく覗き込むように観察していたが、やがて声を潜《ひそ》めて言った。

「おい、あれは、ほんものの執事だぜ。英国風の、バトラーの本格的な服装だ。」

信介がそう口にするものだから、隆史も我知らずすっかり引き込まれている。

ちょうどその時、カウンターの裏側にある木戸が開いて、銀色に光るトレイを持ったボーイが一人、二人、三人と現れた。その出現には、弾むようなリズムがあった。ボーイたちは、黒の詰め襟の制服を着ていて、テキパキとした動作でトレイを運び、信介と隆史の横をさっと通り抜けていくと、白いテーブルの上に、手慣れた手つきで美しい花模様の皿に盛られたオードブルを置いていった。

信介は、テーブルの上に覆いかぶさった。

「ほお、ジノリだな。どうやら本格的なおもてなしのようだな。」

信介は、すっかり相好《そうごう》を崩している。

「あの、こちらにはシャンパンがあるので、よかったらグラスをとりに来てください。」

佐野が再び声をかけてきたので、信介は、隆史を誘ってプライベート・バーの方へと向かった。

佐野の小柄な身体つきはコンビニで会った時と変わらないものの、この邸宅の主人として見ているせいか、その立ち姿からは、自信のようなものが放射されているように感じた。

バーの壁の装飾は、写真中心だった。

大きな群衆写真がかけられている。少女が、趣味の良いジャケットを着た男性の頬を手に持った赤いカーネーションで打っている。

「はあ、これは。」

隆史が、声を上げた。

「イギリス皇太子だね。」

信介が、オークションハウスの鑑定人のように、引き取って解説する。

「これは、皇太子が旧東ヨーロッパを訪問された時に、少女が抗議したのではなかったかな。ニュースで見た記憶があるよ。」

隆史は、その隣のスペースにある、白黒の写真に目を向けていた。

鉱山で男たちが作業をしている。監督だろうか、銃剣のようなものを向けている男に対して、若い鉱夫が鋭い表情で向き合い、銃剣の筒を摑んでいる。

鉱夫の服は、芥《あくた》で汚れ、まるで土そのもので包まれているような印象を与えている。その鉱夫の、泥から出来たような腕が、監督の銃剣を、後生大事にもう絶対に離さないというように摑んでいる。

「なんだい、こりゃあ。」

隆史が、呆れたような声を上げた。

「これはね、有名な写真家の作品さ。」

信介は、仕事では直接使うことのない、無駄な知識をたくさん持っている。何事につけても「オーバースペック」なのだ。

「君は、いったい、この作品を見たことがあるのかね？」

「うーん、どうかな。」

「危険思想に見えるけど、実際は単なる文化さ。ポップ・ミュージックのプロモーション・ビデオに使われたこともあったんじゃないかな。」

背景に立つ一人の黒い目をした鉱夫が、じっと隆史の方を見つめている。隆史は、しばらくそこに本物の鉱夫がいるかのように視線を合わせていたが、やがて目を逸らした。

二人は熱心に写真を見つめていたので、執事が猫のように忍び寄ってきたことに気づかなかった。

いつの間にか、信介の横に執事が出現していた。そして、銀のトレイに載せたグラスを、信介と隆史に差し出した。

「あっ、そうか。」

信介は、あたかもそれが当然のことであるかのように手を伸ばした。

「ううん。いいねえ。」

信介は、受け取ったシャンパンを一口飲むと、目を細めていった。

「これは、恐らく、クリュッグだな。グラン・キュヴェかもしれないが、十分過ぎる。いや、実に結構。」

信介の気分を良くするためには、シャンパンがあればそれでいい。泡の立った液体が治せない心の障害は、恐らくはない。年齢的にはちょっとフライングではあったが、高校の頃からそうだった。

満足した信介は、グラスをしげしげと眺めた。

「このグラスは、ロブマイヤーだな。うん、デザインもとてもいい。佐野は、なかなかいい趣味をしている。」

信介があまり気分良さそうにシャンパンを飲んでいるので、隆史も欲しくなった。隆史は、信介の真似をして、執事からグラスを受け取ると、もっともらしくグラスを眺めた。

「うん、確かにいいね。」

信介はグラスを傾けながら、もう一度執事の顔を見た。年輪を重ねた、いい表情をした男だった。眉の間あたりに、樫の樹皮のような風合いがある。

へえ。信介は、内心感心した。邸宅の豪華さや、グラスの良質さ、高価なシャンパンなどでは本当の意味では恐れ入らないが、人間に対しては敬意を払う。金さえ出せばモノは簡単に手に入るが、人は一日にしては育成できないからだ。

こんな立派な執事を雇っているくらいだから、この邸宅の主人たる佐野は、幅広い経験を持つ、趣味の良い人となっているのに違いない。

不思議なのは、佐野自身に、そんな「金満」の気配がないことだ。ひょっとしたら、佐野の婿入り先の女の趣味が良いのかもしれない。


一体、どんな相手なのだろう？　さっきからこの邸宅には、女の影が一切ない。

「おい、ぼくたち、こんなにカジュアルな恰好で来ちゃったけど、いいのかな。」

隆史はまたセーターの袖を気にしている。

「まあ、いいんじゃないか。これは気楽なパーティーだ、と案内状に書いてあったじゃないか。」

「そうかなあ。」

「そうだよ、これは、客はカジュアルな恰好をして、執事や給仕の方が正装をするという趣向のパーティーなんだよ。」

「なるほどねえ。」

「ヨーロッパでは、よくあることだ。まあ気楽にやろうぜ。」

「そうするか！」

現金な隆史はロブマイヤーにシャンパンを注いでもらい、信介もまた飲み干したグラスをいっぱいにしてもらった。

「うん、うまいねえ。」

隆史が、グラスに唇を当ててシャンパンを一口飲み、ため息をついた。

酒を飲むと、やがて濁る前に、感覚が一時的に細かくなる。グラスのふちに、シャンデリアの虹が少し反映しているようにも感じられる。

「あっちの方に行ってみよう。」

隆史と信介がグランドピアノの方に歩いていくと、ガラス戸を通って小さな女の子がぴょこんと飛び込んできた。

赤い服を着て、頭にピンクのリボンをしている。五歳くらいだろうか。部屋の中に入ると活発に走り回り、キャッキャッと花びらをまき散らすように笑っている。

「ねえ、ママ、まだ先があるよ！　私、こんなに広いお部屋、初めて！」

鈴を鳴らすようなかわいらしい声をしている。女の子は、そのままグランドピアノの下にもぐりこんでしまった。それから、再び顔を出し、ちょうどそちらを見ていた隆史と目が合った。

隆史がにこっと笑いかけると、女の子もたんぽぽが揺れるようなリズムで笑い返した。整った、可愛らしい顔立ちをしている。

「ダメじゃない。ピアノの下にもぐったりしちゃあ。」

庭から、薄いブルーのワンピースを着た女性が入ってきた。

三十代前半だろうか。ほっそりとした体つき。夏の日に、涼しい木陰に一人立っているような気配の女性である。

「ママ、見ちゃあいやあよ。」

女の子は、またピアノの下に隠れてしまった。

隆史が女性に加勢した。

「こらこら、そんなところに潜ったらダメだよ、出ておいで！」

隆史は、そう言いながら、ピアノの下を覗き込んだ。女の子は、しゃがみこみ、髪の毛のピンクのリボンを上目遣いに熱心に触っている。

「かくれんぼしているの？」

隆史が、声をかけた。

「そうなの。ママに見つからないように。」

女の子は、隆史に向かって、口に指を縦に当ててシーッと黙らせる仕草をした。

「そこにいれば、ママに見つからないかなあ？」

隆史がそう言いながら、ピアノの下を覗いていると、その「ママ」がピアノの横に回り込んできた。しゃがんだ勢いで「ママ」の肩が隆史にちょこんと当たった。

「あっ、ごめんなさい。」

「いいえ。」

女性は、にっこりと笑った。

「可愛らしいですねえ。」

「美代子っていいます。」

「みよこちゃん？」

「そうだよ、みよこだよ！」

そう言いながら、女の子はピアノの下から勢い良く飛び出してきた。

「あれあれ、かくれんぼしてたんじゃないの？」

美代子は、ワンピースの女にかけ寄ると、その膝に抱きついた。女は、美代子の頭をなでると、「あらあら」と言って、肩のあたりをさっさと払った。葉っぱがからみついていたのだ。

「こんにちは。」

信介と隆史は、二人並んで、ていねいに自己紹介した。隆史は、自分たちは、佐野に招かれてきたことを説明した。女も自己紹介した。名前は堂本《どうもと》さゆり。佐野の婿入り先の人ではないことがわかった。

女のほうも、どうやら、かっぷくのいい信介を、この家の主人と半ば勘違いしていたようで、それに気づいて信介はひとりでニヤニヤした。

「さゆりさん、何か飲みものをお持ちしましょう。シャンパンでよろしいですか？」

美代子はオレンジジュースがいいというので、信介が通りかかった執事にそれを頼んだ。

隆史が、美代子にオレンジジュースを渡すと、「ありがとう」とうれしそうに言って、それからぴょこんとお辞儀した。その時、ツインテールが揺れた。

信介は、美代子の顔を覗き込むようにして、「今日は、お父さん、何をしているの？」と聞いた。しかし、美代子は、部屋の隅のサイドテーブルに置かれた可憐なマトリョーシカ人形に気を取られている。代わりにさゆりが答えるかたちになった。

「あのう、一年前に別れましたの。」

信介が、これは失礼した、というように、鼻の上あたりに皺を寄せた。

ちょうど自分たちのグラスが空になったので、これ幸いと、信介と隆史はプライベート・バーに行き、シャンパンのお代わりをした。

歩きながら、信介は隆史にささやいた。

「なあ、あのキレイな人、シングル・マザーなんだなあ。」

隆史が、信介の肘を引っ張った。

「おい、失礼だぞ。初対面の人にそんなこと。」

「だって、しょうがないじゃないか。事実なんだから。」

「君は、時々ひどいなあ。」

「まあ、実際、余り金がないんだろうよ。あの女にしても、女の子にしても、趣味はいいが、あまり高い服じゃない。あんな母娘に、金に糸目をつけずにいいブランドの服を着せたら、見違えるようになるんだがなあ。」

「いやあ、ぼくは、今のままでも十分に美しい母娘だと思うぞ。」

執事は、そんな二人の会話を聴きながら、表情を変えずにグラスにシャンパンをサーブしている。

グランドピアノの方に戻ると、さゆりと美代子の姿が見えなかった。

テーブルの上に、シャンパンとオレンジジュースのグラスが並べて置いてある。

「おや、どこに行ったんだろう?」

隆史は、あてが外れたようだった。

「ああ、あそこにいるよ」と信介が言う。

外を見ると、美代子はいつの間にか庭に戻って、かけたり、跳ねたりして遊んでいる。そのあとを、さゆりが、ゆったりと歩いてついていく。

やがて、美代子はブランコに乗り始めた。さゆりは、近くの椅子に腰掛けて、美代子の方を見ている。

そんな二人の様子を、隆史が好ましそうに見つめていた。もっとも、その視線は主にブルーのワンピースの方に向かっている。

「なあ、おい、ぼくたちも、昔はああいう子どもだったんだよなあ。」

信介が、感じ入ったようにつぶやいた。

「そうだなあ」と隆史が答える。どこか、上の空である。

「ぼく、時々思うんだけどさあ、子どもって育つと、いなくなっちゃうんだよな。」

「うん？　どういうことだ？」

隆史が、ようやく注意を向けた、というような口調で聞いた。

「だから、いなくなっちゃうんだよ。子どもと、それが育って大人になった人間は、別人のような気がする。」

「そうかなあ。」

「まるで違うよ。実際、自分の子どもの頃のことを、振り返ってみろよ。今の自分とは、大分違うから。」

「まあ、そうかもしれないなあ。」

「だからさあ、子どもっていうのは、その時にしか存在しない生きものなんだよな。」

隆史の目は、無邪気にはしゃぐ美代子と、その後を追うさゆりを、交互に追っている。

「君の子どもは、無事、入ったんだよな。」

「ああ。」

隆史の一人息子は、二人が卒業した大学の入試に受かったばかりだった。附属校の入試には失敗していて、そのことに、信介は長年触れないでいた。

信介には、子どもがいない。

「あの女の子だって、そのうちいなくなっちゃうんだ。別の生きものになってしまうのさ。」

信介は、シャンパンの入ったグラスに唇を当てて、その感触を確かめ、愛おしむような表情をした。

人間は、積もり積もった葉っぱから徐々につくられる腐葉土のような、容易には思い出せない、それでいて忘れ難い層からできている。

「シングル・マザーは、苦労はあるかもしれないけど、まだ、いい方ですよ。私なんて、そもそも人間の残骸のようなものですから。」

突然、二人の背後からそんな声がした。信介と隆史は不意を突かれ、ちょっとギクッとなって振り返った。

肉付きのいい、全体にころっとした印象の男が、腰に手を当てて、ニコニコ笑いながら立っていた。顔の皮膚はなめらかで、油揚げのような色をしている。

「すみません、驚かせて。猪俣《いのまた》と言います。」

そう言ってから、男はペコリと頭を下げた。

信介も隆史も、猪俣が入ってきたことにまったく気づいていなかった。なによりもバツの悪いことには、「シングル・マザー」についての会話を聞かれたらしい。信介は、猪俣という男に、初対面ながら何とはなしの不気味さを感じていた。

信介と隆史が簡単に自己紹介をすると、猪俣は、「はあ、投資ですか。もうかっていいですな」と言った。それから、相変わらず笑いながら、「飲み物をとってきます」と言うと、プライベート・バーの方に向かった。

「あのさ」と信介が、隆史に少し寄るような姿勢になって言った。

「君、猪俣とかいう人が、入ってくるのを見たかい？」

「いいや、見ていない。」

「じゃあ、どこから来たんだろう？」

「気づかないうちに入ってきたんじゃないか。」

二人がそんなことを言い合っているうちに、猪俣が戻ってきた。手には、シャンパンが溢れる程注がれたグラスを器用に持っている。そして、相変わらず機嫌がたいへん良さそうだ。

「あの、猪俣さん。」

信介が切り出した。

「妙なことを聞くようですが、あなたは、どこから入ってこられましたか？　やはり、この、芝生に面したガラス戸から？」

猪俣は、見かけと名前に似合った、なかなかに豪快な笑い方をした。

「いやいや、違います。普通に玄関からですよ。」

「えっ、この家には、玄関があるのですか？」

「当たり前じゃないですか。」

「まあ、そうですよねえ。」

そう言いながら信介が猪俣の足元を見ると、靴ではなく、白い布で出来たスリッパを履いている。

「おや、これはこれは。ぼくたちも履き替えなくちゃいけなかったのかな。」

「いやいや、いいんです。この家のゲストには、スリッパを履くべき人と、靴のままでいい人がいるんですよ。招待状に指定されていませんでしたか？」

信介は、隆史から転送されてきた招待状の文面を思い出してみたが、そのような奇妙なルールが書いてあった記憶はなかった。

「いいえ。」

「そうですか。おかしいな。しかし、いいんです。そもそも、このスリッパは、この家にあったものではなくて、自分で持参したものですから。」

「そうなのですか。」

隆史は、シャンパンとオレンジジュースが半分程残ったグラスを見つめながら、信介と猪俣の会話を落ち着かない気持ちで聞いていた。

「あっ、三郎のやつ、来るとか言ってたのに、まだ来ていない！」

信介も、あっ、と息を吐いた。

「そう言えばそうだ、三郎が来ていない。」

猪俣は、逆に、二人の会話に興味を惹かれたようであった。

「どなたですか、その三郎さんというのは？」

三郎は高校の同級生で、そもそも、このパーティーに二人を誘った人なのだと、信介は説明した。一方、この邸宅まで案内したのは佐野である。信介と隆史、三郎に佐野。そのあたりの人間関係を、簡潔に伝えた。

「はあ、それはそれは。」

猪俣は大きく頷いた。シャンパンをほとんど飲み干すと、ニコニコしながらまた首を振っている。

「実際、よくあることなんですよ。この会に誘った本人が来ないとか、途中でいなくなってしまうとか。そういうことはね。」

隆史の目が好奇心に輝いた。

「あなたは、よくこのパーティーに来るのですか？」

「ええ。そう、もうそりゃあ、たくさん。数えきれないくらい。」

猪俣はほとんど残りがなくなったシャンパンのグラスを眺めながら答えた。

「ひょっとすると、初めて来る人は、ぼくたちのように庭から靴のまま来て、あなたのように何度も来ている人は、スリッパを履くようになるのですか？」

「いいえ、そうでもないのです。」

猪俣は、シャンパンのグラスを爪で何回か弾いた。見かけによらず、神経質なところもある男のようだった。

「スリッパを履くか、靴を履くかということは、実に微妙な問題でして。」

「あなたは、このパーティーについて、多くのことをご存知のようだが。」

信介が切り出した。

「そもそも、これは何のパーティーなんです？　ぼくたちを誘ってくれた佐野は、目的をはっきり言わなかったが。」

そういえば、佐野の姿がさっきから見えない。母と娘の行方に加えて、そのことも隆史は気になり始めた。

「ううん。それは、なんと申し上げればいいのでしょうか。」

猪俣は、躊躇《ちゅうちょ》しているようだった。間をもたせるためか、グラスを大げさに傾けて、シャンパンのわずかな残りを飲み干した。

「このパーティーの目的については、本当は、いらっしゃる方はご存知でない方が良いのですが。」

「どうしてです?」

「なぜなら、このパーティーは目的についての自覚がない方こそ、その目的をより効率的に、深く追求できるからです。」

意に反して急に耳に引っかかる言葉が返ってきたので、信介は少したじろいだ。むっとしている時の癖で、上唇に力が入ってしまっている。

「しかし、自覚がないと言っても、ぼくたちはすでに、自分たちがこのパーティーの目的について大いに疑問を抱いているということを、自覚し始めてしまっているのです。あまりにも不思議なことが多いので。」

猪俣は、近くを通った執事に合図した。礼儀をきちんとわきまえていて、最初に、信介と隆史のグラスに注ぐように仕草するのを忘れなかった。最後に自分のグラスを差し出したが、やはり、縁まで溢れるくらいにシャンパンが注がれる。こぼさないように持つその手の安定感に信介と隆史の目が引きつけられる。

「そこのところを、きれいに忘れていただくわけにはいきませんか?」

猪俣は、それだけ言うと、うまそうに表情を崩してグラスを傾けた。一気に、半分くらいなくなってしまった。

信介は、シャンパンを飲みながらも、相手から目を離さない。

「人間の記憶というのは、そんなに便利にできてはいませんよ。ねえ猪俣さん、そうでしょう。」

「そうですか。それでは、仕方がありませんね。あなた方のように、疑問を持ち始めてしまったら、そのことについてある程度説明を受けていないと、気になりすぎて、かえってパーティーの効果が下がってしまいますから。この際、極々簡単にご説明いたしましょう。」

猪俣は、また一口、シャンパンを飲んだ。この男は、会話の合間にまるで息継ぎをするようにグラスを口に運ぶ。

「このパーティーには、参加者が、それぞれの問題を持ち寄るのです。来るのは、それぞれ、何らかの課題を抱えている人だけです。」

「それぞれの課題？」

隆史が驚いた声で言った。

「そうです。人生における、何らかの、時に深刻な、しかししばしば取るに足らないように見える課題です。そんな人に招待状が送られます。」

「しかし……」

信介は、納得しないようだった。

「なぜ、ぼくたちが選ばれたのでしょう？　選ぶ人がどこかにいるとしてですが。だってぼくたちは、ごく普通の人間ですよ。」

「それはですね。」

猪俣が答えた。

「とても難しい問題です。人によって、選ばれる理由も少しずつ違うからです。」

隆史も負けずに追及した。

「仮に、ぼくたちが問題を抱えていたとしてですね。なぜ、このパーティーを主催する者が、すなわち佐野ということになるのでしょうが、その所在を認知できるのですか？」

猪俣は、その言葉に、初めてまともに隆史を見た。それから、鼻を狐のようにきゅっと縮めて笑った。

「ははは。それは、あなた、それはねえ。佐野さんが。」

隆史は少しひるんだ素振りを見せた。信介の方は、シャンパンの勢いもあるのか、ぐいぐいと迫っていく。

「あなたが何度もここにいらしているということは、あなた自身が、大きな課題を抱えているということですか？　何度も招待状が来ているということは？」

「いいえ。私に限らず、直面しているのは必ずしも大きな課題、というわけではありません。小さなことが、何層にも重なっているということもあるのです。例えば、佐野さんが……」

猪俣は、グラスを口に運んで飲み干すと、執事に合図して、再びグラスになみなみと注がせる。信介も、これ幸いと手を勢い良く差し出した。もっと、という仕草をしているうちに、手がふるえて少しこぼれてしまった。執事が当惑した気配が伝わった。それを見て、隆史は、半分でいいと手で止めた。

信介は、シャンパンでベタベタする手が気になった。幸い、近くのテーブルにナプキンがあった。グラスをいったん置いて、両手を拭う。

「しかし、あなたに招待状が繰り返し来ているということは……」

ナプキンを丸め、シャンパンを一口飲むと、信介は調子を取り戻したようだった。

「あなたの問題の所在を、招待状を送っている人は把握しているということですよね。このパーティーを主催している人たちは。」

猪俣は、フェンシングでもやるようにグラスを前に突き出して、それから天井を見た。

「いや、私の場合は、普通とは意味合いが違いますからねえ。それに……」

突き出した腕を器用に引っ込めた猪俣は、間髪をいれずグラスをほぼ空にした。

「招待状の発送は、その人の抱えている問題の性質だけでなく、その人がこの邸宅に滞在している、その間のふるまいによっても決められるんですよ。その結果、招待が一度限りになる場合もあるし、何度も招待状が来る場合もある。」

「ということは、ぼくたちの行動は、この邸宅にいる間、モニターされているということですか？」

「まあ、一種のプロファイリングですね。そんなに細かく観察しなくても、もう一度招待状を出すべきか、あるいは一回限りかということは、判断できるんです。」

「猪俣さんは、ふだんはどんな仕事をされているんですか？」

隆史が、信介の横から口を挟んだ。

「いやあ、私なんて、しがない靴屋ですよ。場末で細々とやっています。私で三代目ですがね。すっかりさびれちゃった商店街の中にあって、お客も、決まった人しか来ません。まあ、地元の中学校の上履きを扱わせていただいているんで、そんなこんなでなんとか持っているようなものの、零細企業ですよ。」

そこまで言うと、猪俣は、また執事に向かって大きく手を振り、グラスにシャンパンをなみなみと注いでもらった。それに便乗して、信介もシャンパンをお代わりした。もっとも、今度は八分目である。

「猪俣さんは、靴屋さんとしても、かなり腕の良い方なのでしょうね。」

「いやあ、大したことはできないですけどね。例えば、店に入ってきた客の身体を見れば、まあ、測らなくても、靴のサイズなどは簡単にわかりますよ。」

「へえ、そうなんですか。それはそれは。じゃあ、例えば、ぼくの靴のサイズは、わかりますか？」

「大きいですね。二七・五でしょ。」

猪俣は、信介の身体を改めて見るまでもなく、即座に答えた。

「へえ、驚いたな。じゃあ、ぼくの友人の、隆史は？」

「二六・五ですね。」

それから、猪俣は、信介と、隆史の履いている靴を改めてしげしげと見た。

「いやあ、これは、お二人とも、さすがに高い靴を履いていらっしゃいますなあ。私の店では、扱うことなんかできないなあ。そもそも、うちに来るお客で、そんな高級な靴を求める人なんていませんしね。」

猪俣は、そう言いながらシャツの袖をめくり上げた。その姿を見ていたら、部屋の中が少し蒸し暑く感じられた。

「実は、自分で自分自身に招待状を出す方法もあるのです。あまり知られていないことですが。」

「へえ、そうなのですか。」

「そうなんです。やり方さえ知っていれば、どんな人でも、自分自身に招待状を送ることはできるのです。」

猪俣と信介のシャンパンが、同時になくなった。

「もう、面倒くさいから、ボトル、もらってきてしまおう。ねっ、猪俣さん！」

信介はそう言うと、プライベート・バーの方に大股で歩いていった。

「君たちは、何をそんなに真剣に話し合っているんだね。」

信介が、芝生の方まで響くような大きな声を出しながら戻ってきた。見ると、手にクリュッグを一瓶持っている。まだ開けたばかりの瓶のようで、ほとんど口いっぱいまで泡立つ液体が入っている。

「これだけあれば、当分だいじょうぶだね。」

信介はそう言うと、ほとんど空になっていた猪俣のグラスに、シャンパンをなみなみと注ぎ込んだ。もっとも、執事のように、縁までたっぷりというわけにはいかない。

猪俣は、にっこりと笑って、信介に「ありがとう」と言うと、一口シャンパンを飲み、それから隆史の方を向いた。

隆史は、猪俣に近づいた。

「さっきから伺っていて、ふと思ったのですがね。」

視線が信介を追っていた猪俣が振り返り、隆史と目を合わせた。

「本当は、猪俣さんが、招待状を出している人なんじゃないですか?」

「ほお、それはどういうことでしょう?」

「だって、このパーティーに、何度もいらしているようだし、再び招かれるための条件も、ご存知のようだし、自分自身に招待状を出す方法もあると言う。それらの知見を総合すると、猪俣さん、あなた自身が、招待状を出す役割を担《にな》っていると推定するのが、一番合理的だと思ったものですから。」

「いえいえ、私なんかが、そんな重要な役割を果たしているわけがないじゃないですか。勘違いですよ！」

信介が二人の会話に興味を惹かれてさらに先を聞こうとしていたところに、さゆりがガラス戸から入ってきた。

「こっち、こっちだよ。」

少し遅れて美代子が、さゆりと同じくらいの年齢か、ちょっと年上くらいの男性の手を引いて居間の中に導いている。

「ねえ、こっちこっち！」

さゆりは、その男性の横顔に向かって時折微笑んでいる。美代子は、さゆりとその男性を交互に見上げながら、「こっちこっち！」と言っている。

隆史は、その男性の顔を注視している。美代子が「ピアノの弾けるおじさん、こっちだよ！」と言った瞬間、隆史の表情が少し動いた。

「さあ、ここに座って！」

美代子は、その男性を、グランドピアノの椅子に導いた。

「ねえ、何か弾いてよ！」

「そうだなあ。」とその男性はわざとらしく躊躇している。

「美代子ちゃんが、ぼくのことをおじさんと言っている限り、弾かない！　ピアノの弾けるおにいさんと言ったら、弾こうかなあ。」

「そんなこと言わないで、弾いてよ！　美代子ね、ピアノ習いたいんだけど、おうちにはピアノがないでしょ、だから、美代子はねえ……」

「おい、ちょっと、外に出てみよう。」

信介が、片手にシャンパンの瓶を持ち、もう片手にグラスを持って、隆史を促した。隆史は、その場に留まりたいような表情をしたが、信介にしたがった。

「ああ、やっぱり気持ちがいいなあ。」

信介が、伸びをしながら言った。

「まったくなあ。都会で、こんなに広い庭があるなんて。」

隆史が、ガラス戸の向こうの美代子、さゆり、それに「ピアノの弾ける男」の方をちら、ちらと見ながら言った。

「ああ、実際うらやましいよ。ぼくたちだって、そりゃあ世間から見れば経済的に恵まれている方かもしれないが、何しろ、金持ちといってもスケールが違うからなあ。」

「そうそう。やっぱり、今のファームから独立するしかないかな。」

「あるいは、君は、パートナーにはなれないのかい。」

「まあね。もう少し経験を積んだら、独立を考えてもいいかな。」

ガラス戸の中から、ピアノの音が聞こえてきた。

「へえ。」

信介が、驚いたような顔をした。

「ベートーベンの田園交響曲のピアノのトランスクリプションだね。なるほどね、こんなに広々とした芝生がある邸宅には、確かに合っている。」

「なんだい、その、トランスクリプションというのは。」

「いや、元々オーケストラ曲だったやつを、ピアノで弾けるように編曲するんだよ。」

「へえ、そんなのがあるんだ。」

「ああ、しかも、田園交響曲のトランスクリプションは、名手リストによるものだからね。」

「へえ、そうかい、リスト。君は聴いたことがあるのかい？」

「何をバカなことを言っているんだ。聞いたことがあるはずないじゃないか。フランツ・リストは、十九世紀の人だぜ。」

「ああ、そうか、これは失敬！」

信介は、目の回りまで顔を赤くして、自分でグラスにシャンパンを注いでいる。隆史のグラスにも、シャンパンを足した。すっかり、気分が良さそうだ。隆史も、信介に引きずられて、いつもよりたくさん口にしている。

「しかし、さっき美代子ちゃんやさゆりさんと入ってきた男性、誰かな？」

「気になるのか？」

信介は、いかにもおかしいというように隆史の顔を見た。

「ああ、気になる。ここに招待されてきたということは、彼も課題を抱えているのかな。」

「そうかもしれない。ただ一つ言えることは、楽譜なしに田園交響曲のピアノ・トランスクリプションを弾いているとしたら、なかなかのやり手ということだ。」

隆史の意識は、あくまでもさゆりの周りをたゆたっている。

「ここに来る人は、みな、課題を抱えているっていうだろう。」

「ああ。」

「さゆりさんと美代子ちゃんの課題は、何となくわかるけどな。」

「まあ、そうだなあ。シングル・マザーって言うんだから。」

「さゆりさん、前からあの男と知り合いなのかなあ。」

「さあ、どうだろう。」

「でも、美代子ちゃんは、あの人がピアノが得意だと知っていたね。」

「ああ、そのようだね。ということは、普通に考えれば、前から知り合いだったということになりそうだね。」

「やっぱりそうか。」

隆史が本気で落胆したような顔をしているので、信介はますますおかしくなった。

「まあ、しかし、ここに来てから知り合ったのかもしれないぜ。あの男が入ってきて、邸宅に来るまでの間に、雑談で、ピアノが弾けるということがわかったのかもしれないじゃないか。おじちゃん、このお家にはピアノがあるんだよ、みたいに美代子ちゃんが言ってさ。」

「そうだといいんだがな。そういえば、あの男もさゆりさんも、どこから入ってきたんだろう？　我々のように、繁みの隙間を無理やり通らされてきたのかな？」

信介と隆史は今さらながらに、庭の様子を眺めた。

芝生をぐるりと囲んで、綺麗に手入れされた生け垣がある。大人の背丈ほどもあるだろうか。その向こうには、樹木や電柱、それに屋根がいくつか見える。

空には雲がだいぶ広がってきていて、青と白のコントラストの中を太陽が出たり入ったりしていた。

「あれだけの生け垣を手入れするのは、たいへんだろうな。」

「ああ、そうだね。しかし、佐野だって今は金持ちだから、それくらいのことはさせるさ。」

「それにしても、どこにも隙間が見えないな。」

「ああ、きれいな生け垣だ。」

「だとすると、ぼくたちはどこから入って来たんだろう。それに、さゆりさんやあの男は、どこから入って来たんだろう。」

「まあ、どこかに入り口があるのさ。」

「それはそうだよ。我々の立っているここからは、見えないだけのことさ。角度か何かの加減でさ。」

「何を話していらっしゃるんです？」

背後から、声がした。

二人が振り返ると、猪俣が相変わらずニコニコ笑っている。

猪俣は、スリッパを履いたままで芝生の上に出てきてしまっていた。そのことに気づいて、信介は、汚いものでも見ているような心持ちになった。

もっとも、信介や隆史、それにさゆりや美代子、あのピアノの男も、靴のまま出入りしているのだから同じようなものだ。

「やあ。」

「どうも。」

隆史は、猪俣と一言で意を通じている。

「ちょっと、考えていたのですがね。」

猪俣が抜け目無さそうに言った。

「お見受けするところ、お二人の人生は、順調のようです。経済的な悩みもなさそうだし。」

猪俣は、空を見上げて少し眩《まぶ》しそうな顔をした。ちょうど、太陽が白いかたまりを抜けて青に囲まれている。

「しかし、ここにいらっしゃったということは、何か課題があるに違いない。どうやら、私の見るところ、非常に微妙な点に関わるようですなあ。そうでなければ、ここに招かれるはずがない。しかも、心の奥底の、深いところにしまい込まれているようでもありますし。」

信介の顔に、少し警戒するような表情が浮かんだ。一方の隆史は赤い顔をしてへらへらしているだけである。ちょうど、鼻のあたりに強い光が当たっている。

「そういう方がね、ここに来ると、思わぬ出会いがあるのですよ。ある意味では、そのために来ているとさえ言える。これからの人生を変えるような出会いがね。」

猪俣の言葉を聞いて、隆史は何だか落ち着かなくなったようだった。信介が横目で見ると、今にも飛び上がりそうな、それでいてへたり込みそうな、不思議な表情をしている。

信介が口を開いた。

「猪俣さんは、ここに何度もいらしているようですが、改めてお伺いしますが、猪俣さんご自身、何か課題を抱えていらっしゃるのですか？」

猪俣は笑った。

「まあ、ないこともないですがね。大したことじゃないんです。」

「でも、何度もいらしているということは、やっかいな課題があるのでは？」

「いや、そういうことではないのです。」

猪俣は、少し真剣な顔になった。

「たとえ課題があったとしても、そもそもここには、それを解決するために来ているわけではないのですから。」

「それでは、何のために？」

「さっきも言ったように、一種の出会いのためではないですかね。自分自身の人生を変えるような何か、あるいは誰かとの出会い。場合によっては、自分自身と出会うこともある。」

猪俣は、そう言うと、グラスを一気に飲み干した。

「私が何回も来ているのは、まだ、出会っていないからかもしれないです。」

信介は、猪俣のグラスに、シャンパンを再びなみなみと注いだ。

「それじゃあ、ご自身の課題や悩みは、どのように解決されているのですか？」

猪俣は口の端で「ふふふ」と笑ったように見えた。

「とにかく、身体を動かすことですな。身体を動かせば、どんな課題も、たいてい解決する。というか、重心が動いていきます。その移動が、実に大切なんですよ。結局、生きるというのは変化することに他ならないわけですから。」

そう言ってから、猪俣は腕時計に目を走らせた。

「おっと、時間だ。ちょっと運動しますので失礼しますよ。」

猪俣は、そう言うと、芝生の上に持っていたグラスを置いた。それから、その横に腕時計を丁寧に並べた。

猪俣は、両手のシャツをいそいそと腕まくりしながら続けた。

「人間は、とかく悩みがちですけれども、結局は運動が大切だということをついつい忘れてしまいます。停滞すると、淀んだ水が腐るのと同じ理屈で、心の根っこが蝕《むしば》まれてしまう。だから私たちは、大いに運動しなければならないんです。死ぬまで、身体を動かすことですな。」

猪俣は、それから、スリッパを脱いで裸足で芝生の上に立った。そして、ぶるんぶるんと野球の素振りをする真似をした。すでにずいぶんとシャンパンを飲んでいるはずだが、そんなことは、身体を動かす上で、特に支障もないようだった。

実際にはバットを持っていないのに、あたかもそれなりの重さがあるバットを持っているかのように、猪俣は素振りをした。身体的想像力の発揮とでもいうべき、一つの見ものだった。信介は、右側の眉毛を少し上げた。猪俣は、左打ちだった。ぶるんぶるん。猪俣の手が空気を切る音がした。その迫力に、隆史は思わず後ずさりした。

ちょうど、居間から聞こえてくる田園交響曲のピアノ・トランスクリプションが山場の盛り上がりを迎え、猪俣の素振りと相まって、一種異様な昂奮をもたらした。信介は、こんなシーンを、かつて何かの映画で見たような気がした。

「私の人生なんてね、毎日素振りをしているようなものなんですよ。」

猪俣が素振りをする度に、周囲の地面が揺れた。こんな時に地下にもぐらがいたらどう思うだろうと、信介はいささか奇妙なことを考えた。

「実際に打席に立ったとしても、まったく当たらないんです。かすりもしない。私がヘタというか、なにしろ、球が速すぎるんですな。バッティングセンターには、行かれたことがありますか？　九十キロでも、素人だと、毎回当てることなどとてもできない。百三十キロだと、勘で振るしかありません。当たっても、せいぜい十回に一回が関の山でしょう。こうやって私が素振りをしているのは、それよりもさらにもっと速い球を打つためなんです。」

素振りを続ける猪俣の額に、大粒の汗がにじんでくるのが見えた。

「私が打とうとしている球は、とてつもなく速い。投げた瞬間に反応しても、間に合わない。それどころか、ピッチャーが投げた瞬間にはもうキャッチャーのミットに収まっている。いや、時には、ピッチャーが投げる前にミットに収まっている。つまり、時間が逆行しているわけですな。そんな球を相手に、素振りをしている。」

「時間が逆行している？　それじゃあとても当たりませんね。」

隆史が、いかにも馬鹿らしいというように、遠慮なしに言った。猪俣は、これが最後とばかりに、二度、三度、思い切り素振りをした。

「そうなんですよ。しかしですね、バットを振り続けなければ、そもそも当たることもないわけですから。」

そう言って、猪俣は笑った。その屈託のなさに、信介は思わず説得されてしまいそうだった。

「ああ、いい汗をかいたな。ちょっと失礼。」

猪俣は時計を元のように腕に戻すと、スリッパをはき、グラスを持って、ガラス戸の中に消えた。それから、いったん戻ってくると「おっと、忘れていた」と言って、芝生の上に、今まで持っていたはずの透明なバットを置くしぐさをした。

後には、信介と隆史が取り残された。

「おい、あの人、本当にだいじょうぶなのかな。」

猪俣の姿が見えなくなると、真っ先に隆史が言った。

「まあ、ちょっと変わった人というだけのことだろう。」

信介は、猪俣の何かが、佐野を思い起こさせる感じがして、そのことが気になっていた。もっとも、何がそうさせるのかは、わからなかったのだが。

外見はまったく違う。ただ、あのひたむきな感じが、佐野にどこか似ているような気がする。

もっとも、そんなことを隆史に話しても通じる気がしない。だから、信介は黙っていた。

猪俣がいなくなってしまったので、芝生の上は何とはなしに物足りなくなった。信介と隆史も、居間の中に戻ることにした。

「シャンパンは、もういいや。」

さすがの信介も、もうたくさんのようだった。通りかかった執事に、ボトルとグラスを渡した。

その仕草を待っていたかのように、黒い制服を着たボーイたちがトレイに食事を載せて運んできた。

居間の真ん中にある、白いテーブルの上に、次々と料理を並べて去っていく。ボーイは全部で六人だった。ほとんど手をつけないままだったオードブルは、片付けられている。

いつの間にか、田園交響曲のピアノ・トランスクリプションは止んでいる。そして、美代子、さゆり、ピアノが弾ける男の姿も見えない。

隆史は、三人の不在、特にさゆりがいないことが大いに気になるのか、居間のあちらこちらに落ち着かなそうに目を走らせていた。一方の信介は、ボーイたちが持ってきた食事の方に、大いに興味があった。

「おい、行ってみようぜ。」

信介に促されて、隆史も白いテーブルに歩み寄ってみた。

「それにしても、この家は、大したものだねえ。」

テーブルの上に載せられていた食事をひと目見た信介がそのように叫んで、それから、ゆっくりと検分を始めた。

灰緑色をした大粒のキャビア、小さくカットしたオニオン、ローストビーフサンドウィッチ、カナッペの数々。黒トリュフのキッシュ、白トリュフのパスタ、それに、いくつかの巻き寿司があった。

「ふむふむ、なるほどね。なかなかいい。」

信介は、少しずつつまみ、味見をしながら――キャビアは、小さなパンケーキに載せて、三回ほど口に運んだ――めぼしいものを、たっぷり、横に置かれていたジノリの大皿の上に載せた。隆史も、信介がとったものを、真似してそのまま載せた。

「おい、ちょっとあの椅子に座ろうじゃないか。」

信介は、ガラス戸際の観葉植物のところにある安楽椅子に目をつけて、隆史を誘った。

安楽椅子の脇のテーブルに、大皿を置くと、信介は深々と腰掛け、うれしそうに肘掛けを両手で叩いた。それから、一つ大あくびをした。

「あ〜あ、まいったなあ。」

信介の仕草が隆史にも伝染して、隆史も大あくびをした。

「ああ、ほんとうだねえ。」

二人は、いかにも晩春にふさわしい、のんびりとした気分になってきた。ガラス戸の外を、鳥が一羽、鮮やかな軌跡を描いてシュッと飛んでいく。

「座り心地がいいね。」

隆史が信介の真似をして肘掛けを叩きながら、よろこんだ表情で言った。

「一体、この椅子は、なんというメーカーのものだろう？」

「レプリカだとは思うけど、元々の意匠は、ビクトリア朝あたりじゃないかな。」

信介がそう言うと、隆史は、肘掛けのつるつるした表面をうれしそうにさすった。

テーブルに置かれたジノリの大皿たっぷりに盛られたさらなるご馳走を見ながら、信介は、目を室内に走らせた。すぐには、ご馳走に手をつけようとはしない。何かが足りないのだ。

執事が、信介と隆史の所にさっと歩み寄った。訓練されたプロフェッショナルは、生理的欲求のわずかな兆候をも、見逃さないのであろう。

「お客様、赤ワインはいかがですか？」

執事は、安楽椅子にどっかりと腰を下ろした信介の前に立つと、一礼して、うやうやしく尋ねた。

「ああ、いいねえ。」

信介が、即座に相好を崩す。

「何があるんだい？」

「こちらでございます。」

執事は、答えるかわりに、信介にボトルを見せた。信介の左右の眉毛が、交互にぎゅっと持ち上がった。

「ううむ。それは実になんというか、いいねえ！　ぜひ、それをくれたまえ！」

「はい。」

執事は、信介に対して斜めに向き合って座っている隆史にも、「お客様もいかがですか？」と聞いた。隆史はちょっとおどけて、信介の真似をしながら「ううむ、いいねえ」と答えた。執事は無表情である。

執事は、一度、プライベート・バーの方に下がった。そして、トレイの上に先ほどの赤ワインのボトルと、風船のように膨らんだグラスを二つ載せて戻ってきた。

「どうぞ。」

執事が、まずは信介に、続いて隆史の前にグラスを置いた。そして、信介のグラスに少しだけ注ぎ、直立し、ボトルを握ったまま待った。

信介は、「あっ、いい、テースティングはいい。どうせ、うまいに決まっているんだから、そういう儀式はいいよ。ぜひとも、たっぷりと注いでしまってくれたまえ！」と歌うように言った。

「そうでございますか。」

執事は、まずは隆史のグラスに、続いて信介のグラスに、なみなみと赤ワインを注いだ。

液体が複雑に揺れたが、やがて落ち着いた。

「ううん。綺麗だねえ。」

信介が、赤ワインが入ったグラスをしげしげと見つめる。反射した光が、信介の目のあたりで踊っている。

「そのグラスも、高級なのかい。」

「ああ、これはリーデルさ。しかも、ソムリエのシリーズだ。」

信介はグラスの中の赤い液体を眺めていたが、やがて手に取ると、くるくるとグラスを回し始めた。

グラスの中で、赤ワインが波打つ。一つの生きもののように、舌を出し、引っ込め、グラスの内部を滑らかに舐めながら、重力のもとでの力学の法則に従って運動し続けている。滞ることなく。淀むことなく。

信介は、グラスの縁に鼻を近づけて、ワインを嗅いだ。

「まさに、香りのお花畑だな。」

ワインを傾けて中の液体を口に含んだ。頬の筋肉が、梅の花が少しずつほころぶようにゆっくりと動き、やがて開いていく。

ああ。信介は息を吐くと、安楽椅子に仰向けに体重を任せ、目を閉じた。

隆史も信介のようにワインを飲んでみた。しかし、どこかに、背伸びして大人の真似をしている子どものような印象がある。

「これは、なんというワインなんだい。」

「シャトー・マルゴーさ。しかも、良いビンテージだ。」

「高いんだろうね。」

「ああ、決して安くはない。正確に言えば、目が飛び出るほど高い。しかし、このような芸術的なワインに関しては、値段は問題ではない。それは、あくまでも交換可能なものだ。卓越したワインは、本来かけがえがない。ここで、君とぼくが、このワインに出会ったということに、値段はつけられない。人間に価格がないのと同じように。」

抜け目のない信介は、執事に合図して、後は自分たちで注ぐからと、シャトー・マルゴーのボトルをサイドテーブルに置かせた。

「本来はデカンタージュしたいところなのだが。」

機嫌の良い時の癖で、信介は顎を指でつまんで撫でた。

「おや、お二人さん。」

プライベート・バーの方から、佐野が姿を現した。夏休みの登校日に久しぶりに会う級友のように、目をパチパチさせている。

「よお！」

信介が、手を上げて、すっかり気安い調子で佐野に応じた。

「二人とも、だいぶご機嫌ですね。」

佐野が、目を細めて言った。

「ああ、おかげさまで。」

隆史は、信介ほどには酔っていない。

「君は、一体、どこに行っていたんだい？」

佐野は、大げさに頭をかくような仕草をした。

「ごめんなさい、いろいろやることがありまして。」

「ひどいじゃないか。招いた側なのに、おれたちを置いたまま、どこかに行ってしまって。」

「いやあ、ほんとうにごめんなさい。」

佐野は、安楽椅子の残っていた一つに座った。この邸宅の主人であるはずなのに、なんだか落ち着かなげな様子をしている。

「猪俣という人に会ったよ。」

隆史が、佐野に切り出した。佐野の目が、愉快そうに笑った。

「あの人ですか。面白いでしょう。ぶるんぶるんと大きく素振りをするでしょう。」

「ああ、やった。いつものことかい？」

「そうです、ここに来る度に、いつもです。」

「あの人は、一体、本当に靴屋かい？」

「実際に店に行ったことはないけど、そうらしいです。」

執事がやってきて、佐野もワインを飲むかと尋ねたが、佐野は、まだ仕事だからいいと断った。

「君は一体、どんな仕事があるというんだい？」

信介が、赤ワインを一口飲んだあとで聞いた。

「いや、それがいろいろあるんです。」

「そういえば。」

隆史が、会話に割り込んできた。

「猪俣さんは、ここに来るといろいろな出会いがあると言ったけれども。」

佐野は、愉快そうに笑った。

「ああ、それは実際にそうなんです。ぼくが高木から佐野になったのは、ここでの出会いのせいなんですから。」

信介が、ワイングラスを持ったまま、唇の端を歪ませた。

「それは初耳だ。お安くないね。ぜひくわしくうかがいたいね。」

「もちろんです。いずれゆっくり。」

隆史には、どうしても、確認したいことがあった。

「猪俣さんが、ここには課題を抱えた人だけが招かれると言っていたけれども、それは、どういう意味だい？」

「あっ、ちょっと、ごめんなさい。」

佐野はポケットから電話を取り出して、はいはいと答えながら、プライベート・バーの方に歩いていった。その後ろ姿を、信介は口を尖らせながら見送った。

「なんだい、あいつ、未《いま》だにあんなに古い携帯電話を使っているのか。」

隆史は、大切な質問を途中ではぐらかされたようで、物足りなかった。思わず立ち上がって、佐野の後を追おうとしたが、その時、らせん階段に鮮やかな色が踊るのが見えた。さゆりが、美代子の手を引いて、降りてきたのだ。

隆史は、すぐさま立ち上がって、階段の下に向かった。

「あれ、二階にいらしたのですか」と声をかけた。

さゆりは笑って、少し覗き込むようにして、段の隙間から隆史と目を合わせた。

階段を降り切ると、美代子は、いきなり「こわい」と言って走り寄り、隆史の膝にぴったりと抱きついた。髪の毛がさらさらと揺れる。

「どうしたの?」と、隆史が美代子の頭を撫でた。

「あのね」と美代子が言う。

「階段の上の部屋に入ったら、へんな人がいたの。」

隆史は、美代子の目の高さまで自分もしゃがみ込んだ。それから、やさしい声でゆっくりと聞いた。

「どんな風にへんな人？」

「細い顔をしたおじさん。髪の毛が、バッサリ、長かったの。髪の毛が長すぎて、お顔が見えないの。」

「ふうん。それで？」

「おじさん、だあれ？　って聞いたら、その人、何も言わないですーっと歩いていって、足が浮かんだまま消えちゃった。」

いつの間にか、信介が隣に立っている。信介は隆史に目配せした。

隆史は、美代子の顔を覗き込むようにして、声をかけた。

「そう、こわかったねえ。」

「うん、でももうだいじょうぶ！　おじさんがいるから。」

さゆりが、手にグラスを持って歩いてきた。プライベート・バーに行っていたのだろう。グラスの中には、紫色の液体が揺れている。

「ママ！」

美代子は、さゆりの姿を見ると、走り寄ってスカートに触れた。さゆりからグラスを受け取って、おいしそうに飲んでいる。

「今度はグレープジュースよ。おじさまがくださったの。」

「おいしい！」

美代子は、グラスをほとんど空にして、さゆりのスカートを引っ張っている。

隆史はしゃがんだまま、信介はその隣に立って、そんな高低差からさゆりと美代子の姿を眺めていた。

「なっ」と信介が言う。

「なっ」と隆史が言う。

もっとも、信介と隆史の意味するところには、いささか違いがある。

信介は、さゆりと美代子を、安楽椅子の方に導いて座らせた。隆史は、プライベート・バーに行って、美代子にグレープジュースのお代わりを、さゆりにはシャンパンを持ってきた。

「ありがとう。」

さゆりは、隆史ににっこりと微笑みかけて、グラスを受け取った。

美代子は、よほど喉が渇いていたのかまた飲み始めた。

隆史は、さゆりと美代子の前にひざまずくようなかたちになり、会話を続けている。

「さゆりさん、二階はどうでした?」

「この子、私が離婚してから、時々、幽霊を怖がるようになったんです。」

「へえ」と、らせん階段の手すりを触っていた信介が言った。

信介は、幽霊の類は信じない。

美代子は、すっかり満足したのか、グラスをテーブルに置いて、足をぶらぶらさせながら、ほっぺたをぷうとふくらませている。

「普通に考えれば、この子が幽霊を空想しているということになるのでしょうけど。」

さゆりの頬が、シャンパンで桜色に染まっているのに、隆史はすっかり見とれている。

「この子は、そんな感覚が特に発達しているようなのです。特に、私がひとりになってしまってからは。」

「そうなんですねえ。」

隆史は大げさに首を振って頷いている。

信介は、関心がなさそうに、ガラス戸の近くに歩いていって、空を見上げながら黙ってシャトー・マルゴーを飲んだ。

「美代子を、少し外の風に当てた方がいいかもしれません。」

さゆりと美代子は手をつないで、庭の方に歩いていった。

その姿を見送った後で、隆史と信介は再び安楽椅子に座った。隆史は、さゆりのいた方を真っ先に選んで、布を撫でている。

「やっぱり、あの人キレイだよなあ。」

隆史がため息をついた。その顔が、上気している。

信介がからかった。

「おい、君、なんかぼうっとしているぞ。」

「さゆりさんを、今度、一緒に飲みませんかと誘ってみたいなあ。」

「本気か？」

「いや、だからさぁ、そういうんじゃないんだよ。」

隆史は、涼しい顔を装って、天井を見上げた。

「じゃあ、どういうんだよ。君もまったくなあ。」

「この天井の模様、素敵だなあ。壁じゃなくて、天井に張るという発想がいいよね。ぼく、将来の家、こういう柄にしようっと。」

隆史は話題を変えるように言った。

「ほんとうに呑気《のんき》だなあ。」

「さゆりさん、ペイズリー柄、好きかなあ。」

「本人に聞けばいいだろ！　まったく、やってられないよ！」

信介は、隆史の気まぐれはもうたくさんだ、という風にワインを一口飲むと、もう一度回りを見た。

「それにしても、佐野、電話に出たまま戻ってこないな。どこ行っちゃったんだろう？」

「きっと、仕事の関係だよ。」

「しかし、そもそも、佐野はこの邸宅に住んでいるのかな？」

「さあ、手入れが行き届いているから、誰かは住んでいるんじゃないか。しかし、佐野がいつもいるかどうかはわからないね。あの写真の別宅があるわけだから。」

「それにしても、この邸宅は一体どれくらい大きいんだろう。ぼくたち、この部屋と庭の芝生しか見ていないからなあ。」

「そうだよなあ。何部屋あるんだろう。ちょっと知りたいよな。」

「佐野が戻ってきたら、邸宅のツアーをしようじゃないか。」

「ああ、それがいいね。」

「でも、二階に行くと幽霊が出るかもしれないぞ。」

「ははは、だいじょうぶだよ。」

二人はしばらく待ったが、佐野は戻ってこなかった。

信介が、重大な事実に気づいたように叫んだ。

「おい、どうやら、佐野は帰ったらしいぞ。」

「どうしてわかる?」

「いや、あいつ、来た時に、被っていた帽子をあそこのハンガーにかけたろう。」

「ハンガーなんて、あったかな。ああ本当だ、ある。」

「だろう。あいつ、帽子をあそこにかけていたんだよ。そして、今見たらなくなっているもん。」

「そうか、じゃあ帰ったんだ。挨拶もなしに……。しかし佐野、そもそも帽子被っていたかなあ。どうも、思い出せないのだが。」

「被っていたよ。紺色の、ベレー帽のようなやつを頭にのせてたじゃないか。」

「そうだったかな。」

「そうだよ。それにしても、何も言わずに帰るなんてひどいな。」

「まったくなあ。」

「あいつは、いつも、フレンチ・イグジットだからなあ。」

「えっ、それ、なんのことだよ？」

「フランス人独特の別れ方だよ。みんなでわいわいやっている時とか、お酒を飲んでいる時とか、挨拶をしないで、いつの間にか帰ってしまうことさ。」

「ふうん。そうなのか。」

「学生の頃から、佐野のやつ、よく、サヨナラを言わないでどこかにいなくなっていたじゃないか。」

「そういえば、そうだったな。」

「宴会の途中で、いつの間にか、姿が見えなくなっていたろう。そういうのを、フランス人の別れ方、フレンチ・イグジットっていうんだ。」

「そうかあ、だとすると佐野は、間違いなくフレンチ・イグジットだなあ。」

「ああ、本当にそうだよ。」

佐野がいないとわかると、取り残されたような、それでいてゆったりしたような気分になった。

信介と隆史は、しばらく黙ってシャトー・マルゴーを飲んだ。

信介が、グラスの中の赤い液体をしばらく揺らして、それから呟いた。

「ぼくは、別れを告げずに去っていくこと自体は、悪くはないと思うけどね。いいじゃないか。雰囲気を壊さないしさ。象は、死ぬ時に、群れから離れて一頭だけで墓場に行くというだろ。それと同じさ。」

「そうかあ。佐野は、象になったのかあ。まあ、まだまだ死にはしないだろうけれども。」

隆史の口調はおどけていたが、信介は、存外真剣だった。

「まあさ、実際には、死んだのと同じだったのかもしれない。だって、今回のことがあるまで、ぼくたち、佐野のことを一切思い出さなかったろう。」

「ああ。」

「そんなやつって、いるじゃないか。学校を出た後、何をしているのかもわからず、そもそも興味を持たれない。そして、いつの間にか、みんなの記憶から消えていく。今回のことがなかったら、佐野は、間違いなくぼくたちの人生からフェイド・アウトしていたよ。まさに、フレンチ・イグジットさ。人生で、そんなやつ、何百、何千っているじゃないか。」

「そうかもしれないなあ。」

「佐野は、こういうかたちで、すっかり忘れているぼくたちに、会いに来たのかもしれないぞ。」

「そう言われれば、そんな気もしてきたなあ。」

「佐野さ、ハンドボールの練習サボって、よくスケッチを描いていたろう。」

「ああ。」

「その中に、こんな家の絵もなかったか。将来、こんな家に住みたいなあ、なんて言いながら。」

「いやあ、そんな記憶は、ぼくには無いけれども。」

隆史は、黙り込んでしまった。

信介は、舌の上に残ったシャトー・マルゴーの味わいを、ゆったりと振り返っていた。そして、佐野のことがきっかけとなって、今までの人生で出会った、さまざまな人のことを思い出していた。

仕事上で関わりがあった人、プライベートで付き合いのあった人、パーティーで知り合った人。

いつかはまた会うだろう、と思っていたが、実際にはそんな機会はなかった。そのうち、人生という「布」から糸が解《ほぐ》れ、流れていくように消えていってしまった。

信介だって、あと何年生きるかわからない。不摂生で、身体にかなり無理が来ていることは、自分でもわかっている。あと二十年か、三十年もすれば、いやそれも希望的観測で、いつこの世とおさらばするかわからない。

もしそうだとしたら、信介自身もまた、人生という舞台に登場し、出会ったさまざまな人たちに対して、きちんと「さようなら」を言わないで去っていく、そんな運命になるのだろう。

そこまで考えた時、信介はふと、家の近くで見た、雨に濡れた犬のことを、思い出した。

あの犬は、佐野であり、これからの「自分」でもある。

そのことを、信介は、驚くほど強い突然の感情の亢進《こうしん》とともに確信した。

あの犬は、この邸宅の周りを、雨の降る日などに時々徘徊しているに違いないと考えた。

信介は、ため息を一つついてから、グラスの中の赤い液体を口に運んだ。信介の舌は、重厚な絹のように甘い味わいの下に、ほろ苦い感触を探り当てた。

「おい……」

信介は、隆史に声をかけた。

「ぼくたち、本当に、今日、佐野に会ったのかなあ。」

「そうだなあ……」

隆史には、信介の言う意味がよく伝わっていないようだった。

「やあ、これはお二人さん。」

猪俣が、顔を上気させて戻ってきた。椅子に腰掛けてゆったりと飲んでいる二人の様子を見て、口のあたりをほころばせている。

「赤ワインか、いいなあ。」

信介が、猪俣のためにシャトー・マルゴーを注いでやった。

「おお、これはうまいですね！」

猪俣は、ワインの銘柄はわからないのだろう。それでも、満足そうに呑んでいる。

猪俣が、いかにも嬉しそうに切り出した。

「あの小さな女の子のお母さん」

「ああ、さゆりさん。」

「キレイな人ですね。」

「そうだね。」

そう言いながら、信介は、隆史をちらりと見た。

「そのさゆりさんが、さっき妙なことを言っていましてね。」

「何ですか？」

隆史が、さゆりのことならば、何でも興味を持つといわんばかりの勢いで尋ねた。

「いやあ、あの人、シングル・マザーでしょう。」

「ええ。」

「それでね、あの小さな女の子のお父さんなんですけどね。」

「とんでもないやつですよね。さゆりさんを捨てるなんて。」

「それがねえ、さゆりさんが言うには、あの小さな女の子のお父さん、このパーティーに来ている人の中にいるって言うんですよ。」

それだけ言うと、猪俣はグラスを持ったまま、ふらふらとプライベート・バーの方に歩いていってしまった。

残された隆史は、心なしか青い顔をしている。

「どういうことだろう?」

信介には、特段の感情はないので、黙っている。

「わからん。やっぱり、あのピアノを弾ける男が、前からさゆりさんと出来ていたんじゃないか。」

隆史は、少しムキになっていた。

「しかし、それだったら、自分を捨てて逃げた男とあんなに親しく話すのはおかしいだろう。」

信介が口を開いた。

「それはそうだな。」

「まさか、猪俣さんじゃないよね。」

「いや、違うだろうよ。自分で、あんな風にすっとぼけて言うはずがないだろう。」

「じゃあ、あの執事だろうか。」

「そんなはずはないだろう。」

「いや、ああ見えて、なかなか抜け目なさそうだからな。」

「それに、さゆりさん、あの執事に、特にへんな素振りはなかったぜ。」

「そこはそれ、ポーカーフェイス、というやつかもしれないじゃないか。」

少し沈黙が続いた後、隆史が言った。

「じゃあ、やっぱり、佐野か。佐野が婿入りしたのが、さゆりさんのところなんだ。」

「しかし、それはおかしいだろう。美代子ちゃん、家にはピアノがないって言ってたぜ。」

「そうか……わからん。さっぱりわからん。」

隆史は、本当に参ったというような暗い顔をして、下を向いてしまっている。

「おい、おい、そんなに深刻な顔をするなよ。」

隆史の表情を見ているうちに、信介には閃《ひらめ》いたことがあった。

ただ黙って前を向き、ワインを傾けて時を刻む。

部屋の光が、次第に翳《かげ》ってくる。

執事が、にこやかに笑いながらやってきた。

「お客様方、今日はいかがでしたでしょうか？」

執事がこうして、信介と隆史に直接口をきくのは、ほぼ初めてのことだった。

いや、正確に言えば、今までもワインをサーブしたりお代わりを持ってきたりと、必要に応じて簡潔な会話は交わしていたのだが、それ以外の雑談のような言葉を交わすことはなかったのである。

それに、執事は今となっては妙に打ち解けた雰囲気を醸しだしていて、あたかも「勤務時間」が終わって、彼の「プライベート・タイム」に「一個人」として信介や隆史と懇談しているとでもいうような、そんな印象があった。

執事の身体全体から放射されてくる、弛緩してくつろいだ感触に、信介は一つの時間が終わってしまったことを感じた。

信介は、まるで自分の執事であるかのように親しげに話しかけた。

「さゆりさんは？」

「美代子さんと、お帰りになりました。」

「ピアノを弾いていた人は？」

「お帰りになりました。」

「三人は、一緒に帰ったの？」

「いいえ、別々にお帰りになりました。」

信介は、さらに質問を重ねる。

「じゃあ、あの三人は、ここに来る以前から知り合いだったのかな？」

「いいえ、そうではないと思います。」

「猪俣さんは？」

「たった今、お帰りになりました。」

「佐野も、やっぱり帰ったのかい？」

「ええ、さゆりさんや猪俣さんがお帰りになるだいぶ前に、後はよろしく、とおっしゃってお帰りになりました。」

執事と信介のやりとりを聞いていた隆史が、思い出したように口を挟んだ。

「三郎という人が来るはずだったけど。」

「はい、確かに承っておりました。その方は、急なご用事が出来ていらっしゃれなくなったようです。」

信介が、執事の言葉を受けた。

「はあ、そうなのか。」

「はい、そのようです。」

「それは残念。久しぶりに、三郎に会いたかったのに。」

「あっ！」

隆史が、突然、叫んだ。

「ひょっとすると、美代子ちゃんのお父さんって、三郎なんじゃないか。」

「まさか。だって、あいつ結婚しているだろう。」

「だからさ、それとは別に、さゆりさんともつき合っていたのかもしれない。美代子ちゃんは、三郎の子どもだったのかもしれないよ。三郎は、今日、さゆりさんや美代子ちゃんに会いに来ようと思っていたんだけど、いざとなるとやっぱり気まずく感じてしまって、それで来なかったんじゃないかな。」

「まさか。だって、さゆりさん、三郎と結婚していたはずがないだろう。」

「結婚していなくても、そういう関係ということもあるじゃないか。」

「だって、一年前にシングル・マザーになったって言ってたぜ。」

「だからさ、それはもののたとえで、それまでは三郎が会いに来ていたのが、来なくなっちゃったんだよ。」

信介は、三郎とさゆりの関係についての隆史の推理を聞きながらも、その言葉とは、まったく別のことが気になっていた。

隆史は、「何か」を懸命に見ないようにしている気がする。それは、おそらくは認めてしまえば明白なことでもあるのだが。

「あのう、お話し中のところ、申し訳ありませんが。」

執事が、少し姿勢を前傾させて話しかけてくる。

「三郎さんとさゆりさんが、そのような関係ということは、恐らくないと思います。」

「と言いますと?」

隆史の口調には、怒気が込められていた。

「それはそのう、少し申し上げにくいことでもあるのですが。」

「なんだね、言いたまえ!」

「その、この会の成り立ちがですね、そもそも、そのようなものではないのです。」

「じれったいなあ。はっきり言ってくれよ。」

「あのでございますね……」

執事は、真に当惑しているようだった。

「本来は、このようなことは申し上げない方が良いのですが、しかし、この場合、そちらの方が、その……さゆりさんに随分と心を惹かれていらっしゃるようなので、かえって、私からはっきりと申し上げた方が、よろしいのではないかと思いまして。」

「だから何なんだ!　はっきり言ってくれよ!」

隆史は珍しくイライラしていた。信介が、そんな隆史の様子を、興味深そうに見ている。

「このパーティーの主賓《しゅひん》は、あなたがた二人です。」

執事は、冷静な口調をあくまでも失わないで続けた。

「それが何を意味するかと言えば、ゲストはすべて、あなた方に何らかのご縁がある方が招かれているということです。」

隆史は、執事の口元を魅入られたように見つめている。

「それじゃあ、猪俣さんもぼくたちと何かご縁があるというのですか？」

信介が、そこにこそひっかかりがあるとでもいうように聞いた。

「そうですね、ある微妙な線で。」

隆史の顔には当惑の表情が表れている。

「このすべては、いったい何を、何を意味するのですか、まったく何を。」

隆史の言葉を遮るように、執事は続けた。

「さゆりさんは、あなた様と関係がある。そして、あの、ピアノをお弾きになった方は。」

執事は、ここで、頭を信介の方にぐるりと向けてにっこりと微笑んだ。

「あなた様と関係があります。」

信介の顔に、意外の表情が浮かんだ。隆史は、執事のことを食い殺さんばかりに見つめている。

「さゆりさんとぼくに関係があるということは、どういうことですか？　ぼくたちは、今日初めて会ったのですが。」

執事は、隆史の視線を、しっかりと受け止めた。

「当惑されるのも当然です。何と申し上げていいのか、このパーティーでの関係とは、世間一般における関係とは、少し違うのです。どちらかと言えば、観念的な世界に属しておりまして。」

そこまで言うと、執事は前傾姿勢をやめて、周囲を歩き始めた。

「例えば、お二人は、さきほど佐野様に関連して、フレンチ・イグジット、ということをおっしゃっていた。失礼とは思いましたが、私は、プライベート・バーで仕事をしながら、そのやりとりを聞かせていただいておりました。あれは、もののたとえとしておっしゃったのだと思いますが、この邸宅では、『たとえ』は、テーブルや椅子と同じ『現実』となるのです。」

信介は、執事を改めて頭の上からつま先までまじまじと眺めて、言った。

「君は、実に哲学的だね。ただの執事ではあるまい。何者なんだね。」

「いいえ、私は一介の執事でございます。私の役割は、お客様に快適なお時間を過ごしていただき、そして、できるだけさまざまなことを納得して帰っていただく。それだけなのでございます。」

隆史が、ここぞとばかりに口を開いた。その表情には、羽をもがれて地面に転がる鳥のような、必死さが現れている。

「しかし、君は今日、ぼくたちを納得させていないぜ。ぼくとさゆりさんとの関係は、一体、何なんだい。ぼくは、まったく腑に落ちていない。」

隆史の声が昂《たか》ぶっても、執事は冷静さを保っていた。両手を腰の後ろに当てて、静かにゆっくりと歩きながら、時折二人の様子を見ている。

「なんと申しましょうか、通常ですと、このようなことはお伝えしないのですが、お二人とは、今日、何か特別な縁があるように私も感じましたので、あくまでも例外ということにはなりますが、ごく簡潔にお話ししましょう。」

執事は、グランドピアノの前まで行った。その黒光りする木肌に触れると、信介と隆史の方に向き直った。

「私たちの人生は、常に枝分かれしています。ある人生の時に決めたほんの小さなことが積み重なり、大きな変化につながり、やがて決して戻ることのできない運命の扉が閉まってしまうのです。」

執事は、ほんのしばらく前に「田園」が弾かれていた楽器の蓋をそっと閉じてから、再び信介と隆史を見た。

「この家の中で起こること、経験されることは、つまりはもうひとつの人生、あったかもしれない人生なのです。それは、自分では気づかないくらいの小さな決断が引き離した、もうひとつの自分なのです。」

そう言うと、執事は隆史の方をまっすぐに見た。

「あなた様は、枝分かれしたもうひとつの人生の中で、さゆりさんと結婚されて、美代子さんを娘として育てていました。」

それを聞いて、隆史の顔は一瞬にして青ざめた。そしてうつむいた。隆史が顔を伏せているその間、らせん階段を何者かが降りてくるような、衣擦れの気配がした。その音を、信介は間違いなく聞いた。

執事は、次に信介の方を見た。

「あなた様は、もうひとつの人生の中で、先ほどの方のようにピアノを弾いていらっしゃいました。」

信介は、雷に打たれたように、身体を小刻みに震わせた。それから、唇を嚙み締めた。隆史が、顔を上げ、目をかっと大きく開けて信介を見つめた。信介は、居心地が悪そうに、安楽椅子の中で身体を動かした。

「この家で経験されるもうひとつの人生は、ご本人様が気づかれないような、過去における微妙な決断の分岐点に関わるのです。あなた様方は、今日、ここで、ご自身のもう一つの人生に出会われた。そのことで、間違いなく、少し豊かな人生に変わられたのです。もっとはっきり申し上げれば、明日からひょっとしたらまったく違う人間になってしまう、そんなきっかけをつかまれた。」

隆史と信介は、それぞれ、どこまで延長しても決して一致しないねじれの関係にある方向に視線を走らせながら、動くことも話すこともできないでいる。

「あなた様方は、今日をきっかけに、人生の分岐で分かれてしまったもうひとつの自分と和解することができるでしょう。フレンチ・イグジットは、佐野様だけがなさるのではありません。そうであったかもしれない、もう一人の自分との間にも起こるのです。可能だった自分は、あなた様方にさようならも言わずに、去っていってしまいます。そして、それをすっかり忘れてしまう。何もなかったような顔で、人生を過ごしていらっしゃる。」

そこまで言うと、執事は、両手を前で合わせてお辞儀をした。

「それでは、このあたりで、私も失礼させていただきます。どうぞ、ご自分のお好きなタイミングでお帰りください。ガラス戸は、お閉めになる必要はありません。後ほど、こちらの者が戸締まりをしますから。」

執事は、コホンと一つ咳払いをした。

「これから、儀式のようなものをいたしますが、あまりお気になさらないでください。この家の主人の遊び心のようなもので、パーティーの最初と最後にこうするようにと、ずっと決められているものですから。」

執事はそう言うと、居間にあったきれいな装飾の木製キャビネットの扉を開いて、中から銀色の鈴を取り出した。

執事は、キャビネットの横に立ち、鈴を大きく振り上げた。そのまま静止した様子は、まるで人形のようである。

やがて、執事は少し大げさな動作で鈴を振り始めた。

からあん!

からあん!

からあん!

人のさざめきが過ぎ去り、心なしか肌寒くなった邸宅の部屋に、澄んだ音が響く。

ちょうど七回鳴らした執事は、その鈴をうやうやしくキャビネットにしまうと、深々と一礼し、ゆったりと歩いて、プライベート・バーの向こうのドアから消えた。

信介と隆史は、しばらく無言で椅子に座っていたが、やがて、信介の方が先に口を開いた。

「やあ、どうやら、これでパーティーがお開きになったようだね。」

「そうらしいね。」

「それにしても、大したパーティーだったなあ。」

信介は、グラスに残っているシャトー・マルゴーを大きく揺らした。

「ああ、そうだなあ。」

隆史が相槌を打った。

二人は、強い衝撃を受けていた。しかし、何事もなかったかのように会話を続ける必要があった。そうしなければ、どこからか魔物が忍び込んできてしまう、そんな気がしていた。

信介は、これが最後とばかりにグラスからシャトー・マルゴーを一口飲んで、日差しを浴びた猫のように目を細める表情をつくると、ようやく言った。

「おい、ぼくたちも、もうそろそろ帰ろうか。」

「ああ、そうだなあ。帰ることにしよう。」

二人は立ち上がって、ガラス戸の外に出た。

あたりは薄暗くなりかかっていた。空を見上げると、雲が白以外のさまざまな色に染まり始めている。

「おい、あれを見ろよ。」

隆史が指す方に信介が目をやると、芝生を囲む白い柵の向こうから、緑色の制服を着た人が一人、芝生の中に入って来ようとしている。

信介は、空になったグラスに目を走らせてから、隣の隆史に言った。

「きっと、定期的に、清掃を依頼しているんだよ。だって、この邸宅の主人が、自分で掃除をするとは思えないし。今日、パーティーがあるってわかってたから、予《あらかじ》め頼んでおいたんだろう。」

「そうかもしれないなあ。それにしても用意周到だよなあ。」

隆史はそう言って、信介が言及した緑色の制服の人を見つめた。

「しかし、あの制服、ここの区のマークがついているみたいだけど。」

「それじゃあ、区役所の清掃課に依頼したんだろう。最近は、区役所もサービスを良くしなければならないから、こういう清掃依頼にも応えるようになったのさ。」

隆史は、それから、いかにも腑に落ちないというように信介に尋ねた。

「ぼくがさっき、あれを見ろよと君に言ったのは、あの緑の服を着た人のことじゃなくて、実は、あの白い柵のことだったんだけどね。でも今は違っている。あんな柵、ここにあったっけ?」

そう言ってから、隆史は、自分の記憶をたどろうとするかのように空の色とりどりの雲を見上げた。

「白い柵?」

信介は、怪訝そうな顔をした。

「鉄の柵じゃなくて? 白い柵なんて、どこにもないぜ。」

隆史が改めて見ても、そこにあるのは、確かに、赤錆びた鉄の柵である。

「いや、さっきは、白い、木で出来たような柵が並んでいたよね。」

「いいや。そんなことはない。」

そう言っている間にも、緑の制服の人が近づいてくる。芝生の上に落ちているゴミをあちらこちらで拾いながら、ついには二人のところまで来た。

制服の人は、そのままゴミを拾いながら歩いていこうとしたが、ふと思い出したように、戻ってきて言った。

「このピクニック・エリアは清掃が始まるので、退出なさってください。」

「なんですって？」

「公園の他のエリアは引き続きお使いいただいてもよろしいのですが、このピクニック・エリアは、十七時で終わりになるのです。」

「公園？」

信介がさらに聞こうとした時には、緑の制服の人はもう先に行ってしまっていた。

隆史が先に口を開いた。

「今、公園って言っていなかったか？」

「なんか変だよなあ。まあ、邸宅のことを、あたかも公園であるくらいに広いっていう風に洒落たんだろう。」

「そうかなあ。そんな風に気の利く人には、見えなかったけれども。」

緑の制服の人は、それ以上の関心はないというように、ゴミ拾いを続けている。二人は、しばらく当惑してその様子を見ていたが、やがて信介が我に返ったように言った。

「そうさな、ぼくたちも、そろそろ本格的に帰るとするか。」

「ああ、そうしよう。ちょっと寒くなってきたからね。」

「少しは、部屋を整えて帰ろうか。」

「ああそうだ、そうするのが、人間としての礼儀というものだ。」

「もし、あのシャトー・マルゴーがまだ少し残っていたら、いただいてから帰ろうかな。」

「それは、いい考えだね。それにしても、君がそこまで言うんだから、よっぽどいいワインなんだろうなあ。」

そんな会話をしてから、信介と隆史は、ほぼ同時に振り返った。

よく晴れた夕暮れだった。空気が透明で、遠くの方までよく見通せる。

目の前に広がる空間では、思い思いの時間を過ごしている人たちがいる。

ブランコでは子どもたちが数人揺れていて、付き添っている親たちが情愛を込めた目で見守っている。

草野球をしている子どもたちがいる。中学生くらいだろうか。歓声を上げながら、ボールを投げ、打ち、追いかけている。

手前の方には、ベンチがいくつか並んでいる。大学生が座って本を読んでいる。

ごくありふれた、そして、平和な夕暮れの公園のありさまだった。

二人はしばらく、その風景を見つめていた。先に口を開いたのは信介だった。

「これは、公園だね。」

「どう見ても、公園だな」と隆史が答えた。

「あのさ」と信介が言った。

「邸宅は、どこに行ってしまったんだろう。」

目の前の現実を前にして、それは、あまりにも陳腐で、愚かな質問であるように感じられた。信介は、この瞬間、そんな些事《さじ》を気にしているのは、世界で自分と隆史の二人だけだと確信した。

手前にはいくつかのテーブルがあり、椅子がある。一つのテーブルの上には、紙の皿やコップがたくさん積み上げられている。食べものもずいぶん残っていて、見ている間に一羽の鳥が飛んできた。

「ずいぶんとお行儀が悪いなあ。片付けないで、そのまま行っちゃったんだなあ。」

隆史が、非難するように言った。信介は、顎に手を当てて、何か考え事をしている。

「おい、足元を見ろよ！」

隆史は、奇天烈《きてれつ》な声を上げた。

「ここは、芝生ではないぜ。ただの草むらだ。地面がむき出しになってしまっているところもあるなあ。」

そう言われた信介も、はっと夢から醒めたように、自分の足元を見た。自分の体重を、突然生々しく感じた。

草むらの中を、隆史は、一歩、二歩と、恐る恐る前に進んだ。ヘタに足を進めれば、自分の足元の地面が消えてしまうと予期しているかのように。

「ああっ、わかったぞ！」

突然、信介が叫んだ。

信介が指す方には、公衆トイレがあった。その壁には、長い間に風雨で出来た染みがある。

「あれが、マーク・ロスコだったに違いない！」

信介は、その覚醒の印に、自分でも痛いと思うほどに強く手を叩いた。

「おい、あれを見ろよ。」

隆史が発見したのは、公園の木の枝の間に張られた蜘蛛の巣だった。

「太陽の光を浴びて、キラキラ光っているじゃないか。豪勢なシャンデリアだと思っていたのは、きっと、あの蜘蛛の巣だぜ。あれに、虹がかかっていたんだ。」

隆史の視線は、蜘蛛の巣から、それが張られている木の枝の「天蓋《てんがい》」、そして、その葉っぱが織りなす模様の方へと移っていった。

「天井のペイズリー柄だと思っていたのは、木々の葉っぱだったんだなあ。」

「おい、これを見ろよ！」

信介が、しゃがんで、地面に落ちていた紙くずを拾った。

「これは、先週の水曜のコンサートのチラシだぜ。区民オーケストラがピアニストを呼んでやったんだ。」

「演目は？」

「ベートーベンの田園交響曲と、リストのピアノ独奏曲集『巡礼の年』だ。」

隆史は、両手を空に向かって大げさに突き上げた。雨乞いをするように。

「ううむ。」

信介は、チラシを持ったまま唸った。

「それが組み合わさると、田園交響曲のリストによるピアノ・トランスクリプションになるというわけか。」

「じゃあ、美代子ちゃんが降りてきた、らせんの階段は？」

隆史は、この疑問にこそ自身の生存がかかっているとでもいうように、まわりをきょろきょろと見渡した。

「滑り台に上っていく階段、あれがらせん階段の正体じゃないか。」

信介が指差す方向には、確かに、ぴったりの遊具があった。

信介と隆史は、ほとんど同時に呟いた。

「邸宅だと思っていたのは、公園だったんだな！」

信介と隆史は、顔を見合わせて、笑った。

それから、二人の心には、周りの様子が急にしんみりと感じられ始めた。

「いいよな、公園って。」

信介がぽつりと呟いた。

「佐野に連れてこられてから、もう数時間は経っているのだろう。来た時には太陽が高く、眩しかったのに、もうほら、あんなに低い所にある。色も赤くなってきている。こんなに長く公園にいたのって、子どもの時以来かもしれない。」

　隆史がうなずいた。

「子どもの頃は、よく、日が暮れるまで、夢中になって遊んだよなあ。最近の子どもは、公園で遊ばないというけど、ぼくたちは、公園での遊びにぎりぎり間に合った世代かもしれないなあ。」

　それから、信介と隆史は、しばらく黙って、目の前の公園のありさまを見つめていた。

「わかった！」

　突然、隆史が叫んだ。

「何がわかったんだよ？」

「この公園に来る前に、佐野、裏通りをやたらと歩かせたろ。その途中で、あの木の梢がどうのだの、家の屋根が赤いだの、指差して妙なことを言ってたじゃないか。ぼくたちの注意を、あちらこちらに向けてさ。」

「ああ。」

「あの時間の流れの中で、絶対、魔法にかけられたんだよ。」

「言われてみれば、そうかもしれないなあ。」

「その後、この公園に来る時に、近道だって言って、狭い繁みみたいなところを通らされたろう。君、エライ目に遭ってたじゃないか。ぼくも、セーターが枝に引っかかって破れちゃってさあ。」

「ああ。」

「あの瞬間、きっと、魔法が完成したんだよ。セーターのビリリも、幻想世界に引き込むためにきっと必要だったんだ。ちょうど、魔術師がパチンと指を鳴らすように。あれからずっと、ぼくたちは、佐野がつくった世界の中で、いろいろなものを見聞きしていたんだ。」

「そうかもしれない。それにしても不思議だなあ。どうしてそんなことができるんだろう？」

「何か、方法があるんだよ。かかってしまったら、もう出られない。自覚もない。ぼくたちは、ほんものの邸宅の中にいると、思い込まされてしまった。」

「そんなもんか。」

「しかし、そもそも、なぜ、佐野は、そんな手の込んだことまでして、ぼくたちを騙そうとしたんだろう？」

「さあ、そこさ。ぼくにもよくわからない。でも、何とはなしに、わかるような気もするじゃないか。」

「そうだなあ。」

信介と隆史は、改めて、自分たちがいる公園の一角を眺めてみた。

よく晴れた爽やかな一日も、ようやく暮れようとしていた。木々の梢に、オレンジ色の太陽が当たっている。公園には、だんだん人通りが少なくなってきている。それでも、残っている人たちもいる。夕暮れは、いつも寂しい。それでいてどこか温かく、頼もしい。

「それにしても、本当に、この公園を、ぼくたちが邸宅だと思い込んでいたなんてなあ。」

「ふしぎなものだなあ。」

「そこのお二人さん。」

突然、背後から声がした。

「はい?」

信介と隆史は、振り返った。

先ほどの緑の制服を着た清掃員である。

「このゴミは、あなた方のものですか?」

清掃員は、ピクニック・テーブルの上に散乱している紙コップや紙皿、食べ残しを指していた。

「すみません!」

こういう時に、わけもわからずとりあえず謝る癖のある隆史は、頭を下げてしまった。

隆史は、信介に早口で言った。

「とにかく、ここは、邸宅があったところだから、ここに散らかっているのは、ぼくたちが食べたり、飲んだりしたりしたあとに相違ないよ。」

「あれれ、執事やボーイたちが、片付けてくれていたんじゃなかったのか？」

まだ半分醒めない夢の中にいるように、信介が言う。

隆史の方が、むしろ冷静さを取り戻していた。

「ははあ、わかったよ。執事だと思っていたのは、あの、ベンチで難しそうな本を読んでいる大学生だし、ボーイたちだと思っていたのは、あそこで草野球をしている中学生たちさ。」

隆史が指す方向を見ると、確かに、ベンチで難しそうな顔をして本を読んでいる大学生が、さっきまで邸宅にいた執事に輪郭が似ている。そして、黒服を着ていたボーイたちは、草野球をしている中学生くらいな印象だ。

「まいったなあ。ぼくたち、何からなにまですっかり騙されてしまっていたんだ。」

清掃員は、怪訝そうな顔をして信介と隆史を見ている。

隆史があわてて弁明した。

「ごめんなさい。ぼくたち、この前に見た映画の話をしていたんです。」

「ああ、そうですか。」

清掃員は、いかにもこのような類の人間の扱いには慣れている、というような口調で、二人のことを見ていた。あくまでも事を荒立てず、事務的に処理しようという冷たい無関心の向こうに、侮蔑の感情がちろちろと見え隠れしていた。

「これを使ってください。ペットボトル、空き缶は、別扱いですから、他のものと分けて集めておいてください。」

清掃員は、そう言うと、隆史に区のシンボルマークのついたゴミ袋を差し出した。隆史は反射的に受け取り、しばらくぼんやりと手の中にあるビニルを眺めた。やがて、はっと気づいてお礼を言おうとすると、清掃員はもう立ち去っていた。

信介と隆史は、顔を見合わせて、それから苦笑いした。

「ぼくたち、完全に、イカレた頭の持ち主だと思われているな。」

「まあ、仕方がないさ。」

「そういえば、君、手に何を持っているんだ?」

そう言われて、信介は、初めて、自分が手に後生大事に紙コップを持っていることに気づいた。くしゃくしゃにつぶれて、あまりにも手に馴染んでいるので、今まで気づかなかったのであろう。

「あれっ⁉」

「だいたい、君はさ、邸宅の中ではロブマイヤーのグラスを持ってよろこんでいたんじゃなかったか。」

「それは、シャンパンの時だよ。」

「じゃあ、赤ワインの時は何のグラスだったっけ?」

「あれはリーデルさ。しかも、ソムリエ・シリーズ。」

「そうだったね。いずれにせよ、あのグラス、どこ行っちゃったんだろう。」

「本当だ。どこ行っちゃったんだろうね。立派なリーデルだったのになあ。」

信介は、手の中の紙コップをしげしげと眺めてから、隆史の持っていたゴミ袋の中に放り込んだ。

「グラスやお皿はニセモノだったとして、ぼくたちの飲んでいたシャンパンやワインは本物だったのかな？」

隆史は、そう言いながら、紙コップの一つに残っていた、透明な液体を舐めてみた。もうすっかり気が抜けていたが、それでも、少し泡が立った。

「なんだか甘いぞ。サイダーみたいだ。」

「シャンパンの正体は、サイダーか。」

信介は、紙皿の横の紙コップに入っていた赤い液体を指につけて舐めた。

「うーむ。こっちはどうやら、グレープジュースだなあ。」

「なんだあ。シャトー・マルゴーの正体は、グレープジュースか。飲みものまで、だまされていたんだなあ。」

「なんだか、そう言われると、すっかり酔いが醒めてしまったような気がするよ。」

「というか、最初から酔っていなかったような気もするなあ。」

二人は、顔を見合わせて笑った。

「おい。」

目と目が、この日初めて、きちんと向き合った。

「なあ。」

二人とも、口元がほころんでいる。

「なんだか、気持ちいいよなあ。」

「ああ、本当に、こういう気持ち、忘れていたよなあ。」

二人が持っていた袋がゴミでいっぱいになるころ、大体の片付けが終わった。

「これで、だいたい済んだなあ。」

「ああ、大変だった。」

「いやあ、かえって、いい運動になったよ。」

袋の口を結んでゴミ箱に入れる時、ベンチで本を読んでいた学生が一瞬顔を上げて二人を見た。薄暗がりの中に浮かんだその表情は、執事とは似ても似つかないものだった。信介は、執事の人柄をとても懐かしく思い出した。

もう決して、あの執事に会うことはないのだろう。

信介と隆史は、公園を出て、街を歩いた。二人は、一歩一歩、着実に公園を離れていった。自分たちがどこを歩いているかということについての確信はなかった。向かっている方向も自覚していなかった。

「おい、あれを見ろよ。」

信介が指す方を隆史が見ると、そこには、大きなアドバルーンが浮かんでいた。

「あれ、なんだか、丸布に似ていないか？」

隆史が、先にそのことに気づいた。

「そうだなあ。」

空の中に、まんまるの風船が浮かんでいる。しかし、普通のものとは違って、布のような素材で出来ているようだ。しかも、あの、コンビニで見た丸布の男たちのように、ジッパーがついていて、寝袋にも変えられるような、そんな意匠になっている。

「政府のキャンペーンじゃないか。ホームレスの人たちのことを思いやりましょう、ってさ。」

隆史がそう言った時に、犬が一匹、さっと信介の足元を通り過ぎた。犬が先に行く瞬間、ほんの少しだけ、信介のズボンに触れた。かすかな温もりが肌に伝わった。

犬は、雨の体育館の横で見たのと同じ、茶色い毛をしていた。あちらこちらの匂いを嗅ぎながら、小走りにかけていく。

少し先の路地の手前で犬は立ち止まって、振り向いた。

夕暮れの中、瞳だけがなぜか少し明るく輝いている。犬はほんの一瞬、信介と目を合わせたように見えた。

何かを訴えかけたいような、そんな表情にも見える。

信介の胸に、ぎゅっと締め付けられるような、そんな気持ちが満ちた次の瞬間、犬は路地をさっと曲がって、姿を消してしまった。

「おい、あの犬……」

信介は、そのように言いかけて、やめた。

隆史は、犬に気づいていないようだ。おそらくは、見えていないのだろう。

信介は、自分にかけられた魔法が、少しだけ解けずに残っていることに気がついた。

本書は、書き下ろし作品です。

茂木健一郎（もぎ・けんいちろう）

1962年、東京都生まれ。東京大学理学部、法学部卒業後、東京大学大学院理学系研究科物理学専攻課程修了。理学博士。理化学研究所、ケンブリッジ大学を経て、ソニーコンピュータサイエンス研究所シニアリサーチャー。専門は脳科学、認知科学。「クオリア」（感覚の持つ質感）をキーワードとして脳と心の関係を研究するとともに、文芸評論、美術評論にも取り組んでいる。2005年『脳と仮想』で第4回小林秀雄賞を、2009年『今、ここからすべての場所へ』で第12回桑原武夫学芸賞を受賞している。また、脳をテーマにした著作執筆のほか、小説の創作も行い、自身が講師を務めた東京藝術大学での出来事をモデルに描いた『東京藝大物語』は大きな話題となった。

ペンチメント

二〇一八年十月二十三日　第一刷発行

著者　茂《も》木《ぎ》健《けん》一《いち》郎《ろう》

発行者　渡瀬昌彦

発行所　株式会社講談社
東京都文京区音羽二―一二―二一　〒一一二―八〇〇一
電話　出版　〇三―五三九五―三五一〇
　　　販売　〇三―五三九五―五八一七
　　　業務　〇三―五三九五―三六一五

印刷所　株式会社精興社

製本所　株式会社若林製本工場

定価は函に表示してあります。

ISBN978-4-06-512835-0